L'homme facile

J'AI LU

CATHERINE BREILLAT

Police	*J'ai lu* 2021/**G**
L'homme facile	*J'ai lu* 5750/**E**

Catherine Breillat

L'homme facile

Éditions J'ai lu

À S. B.,
pour son impunité

et à ma sœur, Marie-Hélène Breillat.

Vivre est une chute horizontale.
J. Cocteau

Le lendemain, il se trouva à l'église à l'heure qu'elle allait à la messe. À l'entrée il lui donna de l'eau bénite, s'inclinant profondément devant elle; après il s'agenouilla auprès d'elle, familièrement et lui dit : « Madame sachez que je suis si amoureux de vous que je n'en peux plus ni pisser, ni fienter. Je ne sais comment vous l'entendez; s'il m'en advenait quelque mal, qu'en serait-il ? » « Allez, dit-elle, allez, je ne m'en soucie pas; laissez-moi prier Dieu. » « Mais, dit-il, équivoquez sur À Beaumont-le-Vicomte. » «*Je ne saurais* », *dit-elle.* « *C'est, dit-il,* À beau con le vit monte. *Et sur ce, priez Dieu qu'il me donne ce que votre noble cœur désire…* »

RABELAIS.

(« Pantagruel roi des dipsodes restitué à son naturel avec ses faits et prouesses épouvantables
composé par feu M. Alcogribas abstracteur de quinte essence »)

L'Homme Facile
C'est pas difficile
De l'avoir
Dans le noir
Dans le brouillard

Le premier soir

Il ne sait combien de temps il va mettre pour rentrer. Il ne sait pas s'il va rentrer. Il ne sait pas pourquoi il est sorti. Il a l'air de quoi, avec son petit paquet sous le bras. Il lui semble qu'il est le matin. Il se sent pris de brume-fumées-bruine-mal-au-cœur.

Le jour et la nuit tombent en même temps. Il doit être cinq heures. Il fait un rapide calcul arithmétique et évalue que ça équivaut à dix-sept heures, mais comme il ne sait plus de quel jour, cela ne signifie rien.

La boulangère avait ri lorsqu'il avait demandé si les croissants étaient chauds. Il s'était senti ridicule et les avait pris quand même très vite. Maintenant, il ne va plus les manger.

Pourtant, aucune menace ne pèse sur lui. Il est simplement trop tard et il traîne parce qu'il est trop tard.

Il passe sa main derrière sa tête et la laisse s'alanguir, remuer doucement les cheveux par vagues. Cela rappelle l'été, et les caresses sont la seule existence valable. Il aime aussi tenir sa nuque, le bras levé à angle droit ; cela lui fait l'effet d'un tendre support pour retenir sa tête trop lourde de bébé. L'ennuyeux, c'est que les gens risquent de le regarder et qu'il en a une horreur maladive, aussi il s'arrête mais semble pris de rage.

Il y a un mendiant en face de lui, morne comme une vieille souche. Cela se reconnaît à ce que l'autre est moins bien habillé que lui mais surtout qu'il a pris une fois pour toutes une attitude prostrée. Il a envie de contrefaire l'être et de ricaner quelque insulte, mais il se retient car il se rend compte à temps que c'est peut-être dangereux et par prudence ou par pitié. Il s'imagine un moment, ce que cela donnerait s'il lui tendait un billet de cent francs et ainsi tous les jours à tous les mendiants de Paris.

Or, il vaut mieux ne pas s'occuper d'eux, ne pas tourner la tête dans leur direction et passer droit comme une ombre pour ne pas qu'ils le remarquent : eux lui en voudront même s'il leur donne de l'argent et ils lui jetteront peut-être un sort quand il vaut mieux avoir chacun le sien.

De là, il sent une menace dans son dos. Il se demande si tout cela est vrai ou s'il ne s'agit que d'appréhensions de bonne femme. En tout cas, il fait soleil et il ne se sent pas bien réveillé. Il dort trop, il n'arrive plus à se réveiller. Il faudra changer tout cela plus tard, non en faisant l'amour, en travaillant. Il se demande comment on peut travailler, lui n'a pas le temps. Quoi faire ? Il reste accroché à la vitrine d'un magasin de femmes. Tout lui semble beau avant qu'il se rende compte que c'est horriblement laid mais déjà réservé à une élite (élytre : papillon de nuit. En fait, c'est lui qui se cogne contre ces corps phosphorescents, orange et vert...).

Cette histoire n'est pas naturelle, car au lieu de cerner les événements, il ne désire plus que transcrire comme un robot ou même une machine plus simple, identique à celle qui sert à dresser des encéphalogrammes, les impulsions que lui envoie son cerveau. (Bien entendu cela le mènera beaucoup plus tard au but, et quel but, vous demandez-vous ;
de suivre un chemin de traverse c'est-à-dire un raccourci car il s'est écarté du chemin des autres les grandes artères qui battent à son cou et ses tempes pour prendre les ramifications

veines

veinules ruelles de la ville, la seule où l'on ne vit qu'une fois mais vraiment, paraît-il.)

— Il ne faut pas qu'il vous parle de ses hantises qui ne le tracassent que dix-mille fois lent car il vous ennuierait mortellement et

vous ferait bâiller à vous décrocher la mâchoire
quand il est si simple de se fracasser la tête entre les mains pour ne plus savoir (ce) qu'il pense et se laisser éclabousser de soleils, les faux, les métalliques :
Il contemple ces robes pailletées, ces bijoux hérissés de pierres semi-précieuses comme la femme qui les porte et qu'il peut alors accrocher à son bras comme décoration
mais il est un homme
un vrai : de ceux qui n'ont pas d'attachement, même passager, mais qui conduisent leur maîtresse élégamment, dans une jaguar
leur panthère.

— Où ?

— Vers le mariage immoral, la nef de ses cuisses athées (et ce n'est pas pour cela qu'elles ne sont pas immortelles ; car autrement il redeviendrait un chaste puceau et ne baiserait plus les filles qu'avec les mains afin que leur foutre efface ses lignes de destin).

Pourquoi a-t-il voulu avoir un fils qui lui ressemble ? Qu'importe, il n'en est pas à une oscillation près entre le cynisme et la tendresse imbécile mais encore très narcissique, la seule raison qu'il le dise c'est que sa moins belle et pas si bête maîtresse s'en est effarouchée et prit peur qu'il ne falsifie sa contraception.

Cette contrariété lui fut au demeurant lé-

gère, mais elle le laissa les bras ballants, soit libre et libertin avec autant de vanité qu'elle, sûre d'être recherchée et brillante à l'écartèlement des jambes vernissées comme une feuille de houx.
(: au gui l'an neuf, au lit l'homme neuf dix onze
lequel était-il)

Dans la rue, on peut le prendre pour un penseur ou pour un fou. Il ne sait pas, le monde l'accable : il roule des épaules.

Tout s'était fait et défait tellement vite qu'il n'en est même pas essoufflé.

Il n'y a pas eu de séparation violente mais un accord tacite qui fait qu'il revoit Françoise sans déplaisir malgré la récence de la rupture. En fait, il n'y a pas eu de rupture, ça n'existe pas – d'ailleurs rien n'existe.

Il a de la peine à marcher, de la paresse. Il lui semble ne plus se rappeler comment on fait et chaque pas est un arrachement.

Il a tout le temps devant lui et derrière : il en est prisonnier. S'il n'avait qu'une minute à vivre : comme elle serait désespérante. Il revoit les plus extravagantes nudités de Françoise dans un magazine populaire et approuvé de tous.

Enfant recroquevillée sur elle-même où la ligne du dos et des fesses dessine l'ovale parfait de l'innocence, mais il y a une fêlure dans l'œuf et il l'a pollué par là; ou, stridente étoile écartelée par le flash d'un éclair photographique, pornographique. Il ne faut pas l'oublier nue et sur un coursier noir ou un cheval de trait qui ne le représente pas, et dans un hamac, filet à provision de hanches et de chutes de reins tandis que le derrière et les seins explosent d'un blanc vierge, et ceci était le négatif de ce qu'elle était en réalité.

Il pense mais c'est absurde :

COVER-GIRL : fille que recouvre son impudicité, son obscénité constante.

Voilà pourquoi il l'a connue, entretenue dans ses bonnes ou coupables relations.

Relations de cause à effets faciles à deviner par une claire et sincère écriture des débordements d'ailes et d'aisselles.

En clair, il a pu s'afficher avec elle, la tête et le ventre haut, et Françoise en a tiré le même avantage qui les fit monter tous deux au « hit-parade des night-clubs » où l'on conserve une grande observance des mouvements rituels de grande nuit et petits jours qui bordent les draps de son lit et que Françoise mordillait tandis que

— Et il trouve cela follement excitant, le temps de vider II bouteilles de scotch chez Castel (en chiffres romains et orgiaques) et ensuite de mélanger leurs bonnes et mauvaises cuvées pour une consommation honorable, ce qui, si on est prodigue, ne dure pas très longtemps. Alors on change d'hirondelle ou plutôt on échange celle-ci contre une autre car ce sont toujours les mêmes noms qui se clouent à leurs dessus de lit et leurs draps de dessous. (qu'elles enlevaient en broderie anglaise ou en nylon translucide avec une maîtrise de la pudeur, obscène certes, mais qui ne manquait pas d'un certain charme et rien que pour cela elles se marièrent plusieurs fois avec ceux d'entre eux saisis d'un court délire).

Mais il n'est pas ainsi : son nom, il en est assez fier et égoïste pour le garder pour lui seul s'il n'est pas avare de sa bonne fortune qui lui suffit largement pour ne pas être à court de ses pains d'épice quotidiens.

Elles, et l'une, et l'autre : et il en saute (c'était l'expression consacrée à ses prises de positions érotiques).

Il sort tous les soirs, rentre tous les matins au gîte et au couvert (par une fille laide démaquillée) et il faut excuser son indolence à quatre heures du soir mais non à quatre pattes, car il s'éveille juste et n'a rien à faire puisque sa vie se gagne toute seule sans qu'il l'y pousse.

Ce divorce n'est pas immoral car il sait en profiter : il aime le chatoiement des bijoux, des meubles estampillés comme lui (par les nuits), des peintures hollandaises avec leurs vermillons permanents et lascifs, des brocarts, tapisseries, tentures (derrière lesquelles il se cache pour épier un rival possible, en tout cas

un spectacle excitant), des draperies, tapis vert où il fait ses jeux;
et rien ne va plus.

Alors on change de numéro et le croupier des nuits lui passe une autre croupe (pleine à déborder : et c'est le R qui tombe

c.oupe :

soit un trophée qu'il ne rase pas pour son mérite d'avoir été un amant imparfait et passé simple dans le ventre en caressant juste la poitrine pour la forme (oblonde); mais ce qu'elle veut vite vite c'est ça : qu'il la frappe plusieurs fois au ventre pour ne pas lui avoir ouvert assez vite ses jambes et qu'il recommence pour voir si ce sera plus prompt.
C'est si vite fait qu'il devrait songer à s'émasculer lentement d'opium ou d'invisible L.S.D.).

Et il éponge sa sueur froide comme un cadavre avec le buvard qui rend illisible l'écriture forcenée de son corps; mais très raisonnable car il ne se laisse pas prendre tout entier à cette sorcellerie : il a peur et se réserve un filet, bonnet de nuit qui discipline mièvrement ses boucles de temps envahi et éclaté si bien que le temps creux et mort devient un immense cirque où tous les numéros sont plus périlleux, plus excitants les uns que les autres.

Cela ne s'appelle pas vivre mais créer, jaillir, faire la vie.

(En fait le bouquet claque dans ses mains au

moment où il deviendrait intéressant de s'y jeter à corps perdu car il a peur de se retrouver aux objets trouvés avec une étiquette gravée à son nom et date de naissance sur une croix de silex – pierre à feu monsieur P. – qu'il porte sur son ventre et le fait éclater en lamentations et pourriture ; – parce qu'il sait garder ses distances avec ce qui ne peut se mesurer : les débordements illicites, accouplements multiples, farandoles démesurées des sens :
tous même les interdits : feux rouges des muqueuses.)

Que cela fasse une vie fracassante et dorée, sans doute, en tout cas il se laisse recouvrir totalement de cette pellicule qui empêche sa peau de respirer
peut-être mais étouffe cet immense désespoir qu'il n'a plus le temps de mettre en équation que personne ne pourra résoudre autrement que par une quadruple croix, soit une croix à quatre dimensions.

Ce qui est le début de cette histoire qui ne tient pas debout mais couché sur elles ou sur la terre non plus humide mais plus froide (et d'une frigidité telle qu'elle ne jouit pas de ses dislocations), c'est qu'à ce moment il aperçoit celle toute transparente qui est à côté de lui devant un très beau magasin, rue Saint-André-des-Arts, *Et que*

il lui trouve ce qu'il faut pour faire parti d'eux : de lui en premier – il est normal qu'il soit le premier rattaché à L… – même si cet attachement n'est pas tendre mais battu en brèche à l'ouverture des jambes :
Salon du prêt-à-coucher junior.
L… doit avoir dix-sept ou dix-huit ans qu'il la suit déjà par un cheminement trouble de ses pensées qui lui passent par la tête bien après le ventre.

Qu'importe ses courants positifs ou négatifs, L… se tient sur de hauts talons, aiguilles dont il a perdu l'habitude, avec une nonchalance apprise ou instinctive, et L… a la tête bien droite dans les nuages.

Malheureusement, il la discerne mal car il utilise la seule vision périphérique de son œil blanc : ainsi il regarde tout droit devant lui un point trouble et L… survient par côté. L… est très pâle.

Cette pâleur le frappe, l'éblouit comme une lumière trop blanche et il ne voit plus rien, c'est pourquoi il se tourne franchement vers L…
L… lui tourne le dos
et s'échappe jusqu'à l'angle de la rue.

où L... disparaît

Là, il la suit à la piste dont les repères sont les flèches qui jalonnent son ventre et les messages qu'il délivre gratuitement, comme la cigogne en ouvrant son bec pour la faire crier, car il veut en savoir davantage sur celle qui fut à ses côtés virils et masculins. Il a le temps de voir que la voiture est une Austin bleu pâle avec à l'arrière une immonde poupée dont les cheveux cyclopéens jaillissent du crâne creux; comme un de ses amis en collectionne pour marquer chaque amante de prix, (sans doute cela peut servir à copuler à nouveau avec elles dans leurs crânes défoncés et velus jusqu'au bas des pieds).

Cela ne le renseigne pas sur L... ; sauf qu'il en déduit déjà qu'elle subit la mode de l'Austin, ce qui est un trop faible indice pour la ranger dans la catégorie bien définie où il puise depuis longtemps ses réserves et, pour ne pas mentir, où il épuise ses réserves spermatozoïques et abondantes à tel point qu'il est surprenant qu'elles n'aient pas éclaté jusqu'à L... alors qu'il croise toujours les mêmes jambes,

ceci pour retenir ses amours liquides et si mal

qu'il serait inconcevable que, l'ayant vue, il ne l'ait pas marquée de sa marque
à cheptel personnelle
sa botte secrète
mais très répandue en sperme et pour plusieurs autres raisons qui font des hommes les éternels chercheurs de mines (galeries souterraines et bien gardées
et regardées par un dispositif de miroir qu'il lui est difficile de décrire ici car il ne s'agit pas d'un vulgaire face-à-main qu'on a laissé tomber par terre, et justement quand on le cherche on a le pied dessus et pas de slip sous la jupe.
Non,
il n'est pas besoin de cela pour savoir qu'il l'enregistre quelque part et ce pourrait être dans son cerveau :
Disons que sans avoir une image précise puisque cela est totalement impossible, il sait que cette fille l'a frappé d'étonnement et il pourra la reconnaître à la première occasion et en deuxième main : L... fut doigtée à mort et pourquoi s'en arrêter là ;
Il n'a pas rencontré une seule vierge, fût-ce par arrière-pensée, arrière-train-de-vie qui n'est que la deuxième roue du carrosse et ne lui est pas refusé pour autant de cris et de gémissements très doux et révoltants à entendre,
cependant il fait comme si c'était seulement

quelque chose à écarter pour se faire une place mielleuse, baveuse, léchée,
CRIÉE, BRISÉE, ROMPUE
au petit matin sans se donner la peine de reprendre un visage. Elles s'en faisaient un à coups de couleurs aux noms très faméliques, noms de femmes :
Élisabeth Barbara Harriet Héléna ou la joie de vivre et de se voir repeintes par toutes les nations aux couleurs de la fille,
soit du noir aux yeux pour porter le deuil d'un nouvel amant, du vert aux paupières pour exprimer la pourriture des regards – et notez que la pourriture est saine et naturelle.
Et les violets et les bleus
mais surtout le rose d'une excitation lubrique et indécente jusqu'au bout des ongles faits pour faire jaillir le sang sur ses reins ou mieux encore la peau fragile et tendue du sexe).

L... est si diaphane,
lui traverse la rue sans courir aucun risque de se faire écraser, châtrer par une voiture et peut-être une Austin et peut-être serait-elle bleue.

Et peut-être une auto passante serait à remarquer : dans ce cas il est très disponible pour se lancer à la poursuite parfois vaine car celle qui a un beau profil, gare à celui qui la heurte de face et ne peut jamais retrouver l'angle où elle fut prise en flagrant délit de beauté et prise en chasse,

prise à charge ; à décharge sexuelle après une demi-nuit ivre au bout de quoi on apprend seulement son nom,
sûrement son pseudonyme
Éva, Sibylle, Sylvia, Karine
ont disparu aussi vite qu'elles s'étaient données et c'est lui qui les met à la porte puisqu'il ne peut se rappeler toutes les aventures, les petites putes d'un soir qui protestent de leur état et se font des comtés, château et prince quand il n'est besoin d'aucune cérémonie de château fort, pont-levis, grille pour enfoncer les portes ouvertes à deux battants,
et il est interdit de stationner plus des quelques minutes réglementaires devant les portes cochères en retrait de la rue où il y a justement sa maison qu'il aime certainement plus bien qu'elle n'ait pas appartenu qu'à lui.
Appartenir,
posséder autant de pureté qu'il inclinerait à penser que c'est la première fois à cause de sa peau mauve et son visage fermé tellement qu'il dit limpide
(et pourtant l'eau qui dort a fait un cauchemar et L... s'est débattue dans ses draps avec toute l'impuissance du rêve et elle s'est réveillée couverte de sueur et a compris que ses digues étaient rompues une fois pour toutes et qu'il n'y avait rien à faire, il n'y aurait jamais que lui à reconnaître sa virginité qu'il aurait posée sur sa figure afin d'en faire un masque

d'amour et maître auquel elle a appartenu, mais aussi il s'est possédé d'elle, voilà pourquoi leurs rapports ne sont pas ceux de maître à serviteur mais extensibles dans toutes les dimensions et même les surfaces où L... s'étend sur lui et le surplombe avec toute l'énigme d'une Chinoise à l'érotisme tamisé, violent dont elle est capable,
tandis que lui s'affale béatement sur son lit où les fourrures sont douces et qu'il pose la main sur son bas-ventre qui n'est pas sage comme une image voyez-vous, ce qui veut dire qu'il a poussé trop loin ses couilles en point d'interrogation nébuleux, et il s'en étonne car il n'est pas un obsédé sexuel bien qu'il y pense sans cesse, qu'il ne parle que de cela qui est délicieux à faire et à dire beaucoup plus en termes extasiés ou crus qui ne font pas rougir la compagne, mais plutôt renchérir :

— « Si je couchais avec tous les types qui bandent pour moi, j'aurais un trou grand comme ça » et elle lui met le bras autour de la taille ; ou bien des réflexions aussi grossières que :

— « Dis donc, tu choisis la plus grosse » et qu'il s'agisse d'une simple banane, fruit non défendu *a priori* mais qui complète si bien la pomme située juste au-dessus dans la nomenclature du péché,
en dessous dans l'accomplissement ;

ou bien un ordre impératif :

— « Tout le monde en branle ! » qui se finit dans une explosion de rire communicative de bouche à oreille dans la société respectueuse mais alors il en profite sûrement pour glisser sa langue fourchue en un scandale très doux et frissonnant.

Cela ne le rendait pas plus libertin qu'il ne l'aurait été autrement, mais gai et gaillard, sans grande théorie et couchant souvent à l'inverse des hommes dont beaucoup de filles se plaignent qui aiment qu'on les pousse dans leur derniers retranchements vaginaux.

Avec celles-là il se conduisait comme un singe, mais il n'avait jamais volé personne, loin de là.
(quoiqu'il ne prétendra pas avoir été violé par une fille en rut et vieille de soixante ou treize ans dans ses âges de raison, les sept ans, et parfois avant,
quelle importance de savoir quand il était puceau puisqu'il fait chaque fois qu'il y a lieu son remue-ménage de printemps et qu'il se conduit en gentleman auprès de celles qui ne le suivent pas dans son arrière-saison – non qu'il mettait hypocritement des gants après l'avoir mise nue ; afin d'éviter maladroitement de la souiller de ses semences, mais il restait mains nues sur son corps habillé.

Il faut dire que ce supplice il ne l'a pas éprou-

vé une seule fois car celles qu'il côtoie ont déjà roulé leurs creux et leurs bosses et ce n'est pas fini :
« PIERRE QUI ROULE N'AMASSE PAS MOUSSE » sur son pubis, mais c'était assez excitant comme ça cette cavalcade des mardis et vendredis et plaisanteries grasses).

Voilà pourquoi il s'étonne de son état présent : naturel au demeurant et qui lui fait seulement penser à ouvrir son carnet d'adresses et maladresses (plus souvent) au lit.

Et il parcourt les noms pour choisir la feuille de papier hygiénique ; la fille-peau-de-soie

A : Armelle
Agathe
Anda

A + B ; il sait tout d'elles et il referme le carnet en peau de porc de chez Hermès sur toutes les pourritures (et notez à nouveau que la pourriture est saine et naturelle) qu'il contient et dont il n'a pas envie pour les connaître par cuisses.
(Il insiste cependant sur le fait qu'il les aime bien,
et mal aussi, cela n'a pas une importance capitale : en général le cul est à égalité et c'est déjà beaucoup cette tendresse futile.)
Alors ?

— Il se déshabille froidement, il défait la ceinture d'Oxford puis le lewis de velours cendré est ouvert, mais il ne regarde rien et continue tranquillement à se dévêtir.

Ensuite il va dans la salle de bains et verticalement, de bas en haut, comme les paquets fragiles, il brise toute résistance sans honte et sans arrière-pensées,
sans se regarder dans la glace.

Il prend une douche aussi froide que ses pensées.

L'eau perlée ne ressemble pas à s'y méprendre à la sueur, qu'il essuie longuement dans un grand drap de bain blanc comme linge et brodé à ses initiales. Il le laisse comme à regret très doux et très spongieux, pour enfiler un peignoir en soie du Cachemire qui lui donne des allures de prince turc avec ses manches élargies qui bayent aux corneilles comme lui qui n'a rien à faire,
et il noue seulement la ceinture dont les deux pans retombent sur son sexe parallèlement sans qu'il y prenne garde.

Il se retrouve sur son lit qui est très vaste après avoir allumé la télévision comme une femme dont il étouffe rapidement les cris parce qu'il n'est pas l'heure et qu'alors il préfère entendre les Rolling Stones en stéréophonie.

Il feuillette à plat-ventre sans aucune raison un *Playboy* où les filles s'étalent sans lui donner à agir, ce qu'il appelle penser, car c'est bizarre leurs hanches et leurs seins font des « sourires Gibbs » qui ne sont qu'une contrefaçon grotesque.

Il s'attache pourtant à une série plus véritablement lascive et note le nom du protographe pour être le premier à proclamer qu'il vous en fait voir trente-six vertèbres.

C'est alors qu'il remarque, à l'apparition du sigle sur l'écran lumineux, que le match de la Coupe du monde de football, Angleterre-Portugal, est près de commencer.

Il laisse le magazine où il est très bien.

Il avance le bras pour interrompre les Rolling Stones et il se lève augmenter le son de la télévision devant laquelle il reste sagement pendant deux heures qui lui apparaissent deux minutes tellement sont angoissants ces jeux d'hommes dont il aime regarder les efforts après un ballon rond qui échappe tout le temps,
(comme leurs rêves en bulles de savon, leurs autres planètes) et où les buts marqués sont très théoriques, mais ils transpercent si bien le temps qu'il se retrouve à l'heure de dîner en retard et très satisfait que l'Angleterre ait gagné contre le Portugal.

Cela gonfle ses poumons d'air, lénifie ses muscles après l'effort passionné d'attention à son poste,
où il s'est pris la tête entre les mains plus d'une fois ;

la tête qui part en avant, le cou tendu, allant rejoindre l'image par le même processus charnel qui allie l'homme à la femme.
Il a forniqué tout seul avec l'image qui, elle aussi, a des réactions imprévues, et la foule crie avec lui aux moments d'orgasme,
moments où le ballon se prend dans les filets.

Tous sont à l'épreuve de la jalousie, car il y a deux buts calmement opposés et le ballon se doit de n'être infidèle à aucun.

De cette impossibilité naissent les cris, les sursauts, les battements de cœur, les frissons qui traversent le sternum et disparaissent au creux des intestins pour renaître de nouveau à la gorge ; c'est tout juste l'inverse des jouissances sexuelles mais justement cela y ressemble étrangement, et cette jouissance est aussi intemporelle.

Après il ne se rappelle plus rien mais il est heureux, sans éprouver le moindre attachement pour ces joueurs à qui il ne jetterait pas un regard, plutôt l'opprobre
la pierre (et philosophale) quand il réfléchit calmement et très détaché qu'il est vil de faire son métier de cela :
courir après un ballon rond près d'éclater, avortement douloureux des minouches-minettes qui se sont heurtées à l'homme mûr et ont reçu l'écharde qui attache la liasse des billets de cent francs à la fin de la soirée,

des petites balles de tennis en celluloïd escamotable (ping-pong : pénis de lit).

Pour l'heure il se relève du sien (son lit à alouettes) et il s'étire, la ceinture de soie se dénoue et il se trouve en croix avec un vêtement qui ne cache plus rien et qui glisse sur lui avec le bruit d'une maille qui court sur la jambe gainée d'une femme et qu'on rattrape au pied.

Il est tout nu, tout neuf, tout bronzé et content de l'être car il se sent bien.

L'air est frais mais à l'inverse de crisper les muscles, il leur donne une décontraction et un allant merveilleux.

Il aimerait s'étirer longtemps ainsi, si parfaitement qu'il ne ressemblerait plus qu'à un fil, alors il tournerait lentement sur lui-même, puis plus vite avec l'habitude jusqu'à ce qu'il se soit complètement ligoté et qu'il n'ait plus une seule chance de s'échapper même pour la timide fornication, hélas, mais il y trouve d'amples compensations ainsi le fait qu'il ne puisse aller ni de l'amort ni de l'avie : il n'a nul besoin de s'oppresser de tant de générations grouillantes ; il est déjà très affolant d'être de ce torrent qui n'est pas une eau de grande importance mais qui frappe, gifle, bafoue parce qu'il est toujours renouvelé.

Et il en est tout étourdi, tellement bien qu'il est certainement de mauvaise foi (mais le oui et le non est son domaine) lorsqu'il méprise,

car il se laisse prendre irrésistiblement comme le serpent au pipeau à ce falbala mondain où aucun clinquant, aucune moire ne sont épargnés, dans les demi-teintes des aurores tamisées ; et ceci est la vie fastueuse de club privé, gala et protocole :
l'étiquette s'est décollée, dessous elle était érotiquement nue ;
mais cela ils ne sont jamais que deux à le savoir,
ou alors
– quand le monde se renverse et que sa maîtresse n'a qu'une main pour s'occuper de lui (non qu'elle soit manchote au contraire : elle est multipliée dans un entrelacs, une dentelle du Puy faite à la main et à la cuisse. Puits vaginal, aven, geyser de la gorge qui recrache le sperme tiède tandis qu'un écoulement réciproque se fait aux cuisses qui battent de la même crispation de la main ;
il perd la tête : une main sert de bouche).

Et ce déferlement est tellement érotique, tellement flagrant qu'il est le privilège de l'élégance : il n'y a pas débauche car il ne furent pas enlevés à leurs travaux quotidiens ; simplement leurs désœuvrements, leurs désintéressements sentimentaux ont éclaté dans un 14 Juillet (c'était le lendemain de son anniversaire, il faut insulter qu'il a un an de plus et que son cancer a poussé une racine un peu

plus longue pour le disloquer),
– un feu d'artifice de chairs
refaites et retravaillées par les plus grands chirurgiens de l'esthétique ; et la peau tendue d'une fesse recouvre une mousse synthétique qui l'arrondit et la rend moelleuse, tandis que les seins se dardent de silicone, que le ventre a été recreusé au couteau,
le nez, lui-même, palpite pâlement aux parfums viscéraux qui s'exhalent de cette fenaison : les muscs éjaculés réciproquement.
Et il fête la prise de la Bastille qui n'existe depuis longtemps plus, la blanche prison des ovaires a été rasée, ainsi que les aisselles des femmes mais non les sexes
heureusement car
ils sont les points noirs et stratégiques, ses croches et doubles-croches. Il s'en relève très bien de cette musique débridée. Chacun redevient très distant, sans honte et insinuation, s'ils en parlent entre eux c'est à mots découverts, sans mystère et pudeur et même avec une certaine fierté. Ils n'ont pas l'impression que c'est vrai.
Voilà pourquoi il passe dans sa main, en creux mais très sage, une lotion pour homme qui rafraîchit le visage et le cou mais non la mémoire : il ne pense à rien qu'au bien-être.
Il reste devant le placard ouvert à deux battants où chaque costume a son cintre et parmi tous, il en choisit un très strict et pas très diffé-

rent des autres à première vue, pour ceux qui ne savent pas l'importance d'un bouton, d'une couture,
(L... a une cicatrice qu'il embrasse sur son ventre car il sait qu'elle a eu un enfant de l'autre qui n'a pas voulu naître et qu'on lui a fait une césarienne afin que l'enfant meure plus vite et qu'il puisse faire l'amour jusque dans sa poitrine aux seins gonflés de lait qu'il a eu l'audace de prendre entre ses dents et L... a crié et il a léché une goutte rose qui avait un goût de naissance : soit de lait et de mort. Et c'est là qu'il a pris peur).

Alors il a pris un costume en drap bleu marine qui suit exactement la ligne du corps afin de se redessiner tel qu'il existe : mince mais non efflanqué
et la veste fendue verticalement dans le dos sépare son corps aux hanches étroites en deux fesses qui ne sont pas trop arrondies, trop féminines, mais juste ce qu'il faut charnues,
et en deux cuisses musclées dans un étirement longiligne qui se poursuit jusqu'aux jambes.

Sans rien fermer,
(non pas qu'il reste jambes écartées mais il ne referme pas les portes du placard, il prend dans la commode une chemise de soie qui évite les boursouflements disgracieux grâce à deux pinces qui laissent l'ampleur qu'il faut).

Le contact en est très agréable et caressant. La chemise est brodée délicatement de ses initiales

D.P.

Il faut laisser dans l'obscurité ses prolongements et terminaisons et enluminures.

Il reste au milieu de la pièce et de sa vie, seulement revêtu d'une chemise de soie dont les pans battent ses cuisses,
en suspens,
arrêté jusqu'à ce qu'il ait trouvé l'enchaînement logique de ses gestes. C'est alors qu'il prend une minuscule boule de nylon qu'il tend entre ses mains en forme de triangle et qu'il enfile en gardant un équilibre oscillant sur l'une et l'autre jambe :

– C'est un slip
donc il passe sa main sur la chair afin que tout soit en place et lui laisse l'aisance des gestes. L'élastique se tend sur le dos de la main qu'il retire.
Flux et reflux.
Il est habillé de pied en cap, de cap en péninsule de drap bleu marine.
Reste à choisir la cravate et à aller se faire pendre ailleurs,
(en se bâillonnant d'une pochette en soie des

Indes et qu'il a réellement ramenée de là-bas : du temps où il était fakir
et où il venait sur la pointe des pieds regarder le sommeil de celle qu'il aimera – pour ceci il enfile des chaussettes vert amande très douce en cachemire, puis il lace les souliers en cuir robuste,
comme le portefeuille qui est glissé dans le labyrinthe très simple des poches du veston : poche-portefeuille : celle dont il fait tout naturellement usage ; mais la poche-revolver ne contient rien
Attention !
Il est sans défense).

Il efface son front soucieux avec l'index et l'annulaire, deux doigts au Vé qui écartent les sourcils pour faire un lac calme ; et reprendre ses gestes hébétés, déréglés (sans se douter de rien).

Mais sur quoi se régler. Il ne sait pas choisir.

Il sait qu'il faut qu'il aille manger puis danser puis boire puis fumer puis baiser, s'il veut non pas vivre mais SURvivre,
SURmener le jeu,
un train d'enfer : destination enfer certainement quoiqu'il n'ait pas conscience de faire autre chose que de mener une vie facile
au bord du précipice
soit
mais il ne la pousse pas. Il n'est pas un assassin.

Il ne tue pas le temps : il l'ignore ou plutôt il le caresse à rebrousse-poil et dans tous les sens (très exacerbés et blasés de cette violence). C'est ainsi qu'il se couche quand paraissent les moutonnements orageux des pubis.
Il découche rarement : il préfère son antre et jeter un regard à la glace Louis XVI : – son visage lui apparaît plein des taches de son du miroir,
une vérole aimée qui estompe ses traits mais il n'en est pas à la quatrième phase du délire : il est totalement lucide ;
qu'importe il ne se maquille pas,
juste une soif de collyre bleu qu'il allait oublier dans ses yeux verts qu'il veut brillants comme un métal avant les excitations exacerbations qu'il n'énumère pas, car s'il renverse la tête en arrière, il ne revient pas en arrière et ne se rappelle rien précisément. C'est pourquoi il vit dans l'instantané
où il verse une goutte du précieux liquide dans chaque œil, puis il tourne la tête en fixant toujours le même point (noir) ce qui irrigue tout l'œil de cette brillance qui les consume au propre et au figuré, car le collyre bleu ronge l'œil, le brise, le dévore (tandis qu'eux dévorent d'eux-mêmes – des yeux – les femmes et les vitrines ce qui peut être la même chose transparente).

Puis il est descendu avec une idée derrière

la tête, on ne peut pas dire qu'il en ait beaucoup dedans, mais qui y peut prétendre.

Il est récompensé, si l'on peut dire, de prendre la même rue que cet après-midi car il voit le monstre de celluloïd aux cheveux
lance-flammes
lance-torpilles
comme il en existe certainement de pire dans une Austin bleue.

Cependant, il n'a aucune envie de faire le pied de grue,
du reste, seule une certaine curiosité amusée le pousse à inscrire sur une carte de visite

D... P...
aimerait vous connaître
Babylone...

(et ses jardins suspendus bien avant Jésus-Christ au bas-ventre)

Satisfait, il abandonne la bouteille à la mer, cela lui fait penser à ce jeu : il coince la carte de visite sous l'essuie-glace.

Il s'essuie le front et constate qu'il est tombé une goutte de pluie, mais il continue à marcher sans se retourner jusqu'à un restaurant très proche, et pourquoi aller chercher ail-

leurs sa pitance quotidienne. Il se trouve devant un agneau dont il ne saura jamais s'il était candide ou non,
(surtout il mange, il suce, les endroits coupables : les gigots d'agneau).
Il est presque seul et il doit manger vite parce qu'il est tard et que le restaurant va fermer les yeux sur beaucoup d'autres choses dans l'arrière-boutique où les pourcentages sont élevés, mais où il est encore intéressant d'effectuer certaine transaction quand on s'appelle mademoiselle A... ou D... et qu'on ne veut pas que les murs aient des yeux lorsqu'on a retiré ses voilettes et qu'il ne reste plus que la mantille noire, jusqu'à ce qu'elle soit déchirée en deux, ouverte dans les maisons closes.

Aujourd'hui il veut ignorer tout cela : il est seul et a le ventre plein des quelconques nourritures terrestres :
il laisse un billet de cinquante francs sur la table et il part sans se retourner (comme une carpe avec une fille accroupie qui lui fait des choses).

Dehors, il s'est aperçu qu'il faisait nuit noire comme les toisons.

Cette nuit lui était tombée du ciel pendant qu'il mastiquait et il avait su sans regarder sa montre qu'il pouvait entrer dans un Club rouge et rougeoyant vagin de la nuit,

salle troglodyte : cave où est la réserve de vin, d'alcool.
Où est la réserve ?
(Il a traversé l'air frais les mains dans les poches et il a frappé à la porte mais non la jeune femme qui lui a ouvert et lui a fait signe d'entrer vite.
Il ne s'est pas attardé dans le salon des causeurs d'embarras et d'ennuis et il est descendu directement dans les entrailles agitées de spasmes rythmiques en un point très précis et central.
Ce point seul est éclairé par un projecteur rouge et irrigué comme les muqueuses,
mais de sueurs,
les seules interférences de cette lumière éclairent le reste de la pièce).
– Rue Princesse : des mille et une orgies, elles sont venues à sa table en tournant dans tous les sens leurs gros yeux de libellules, vêtues d'élytres transparents et l'ont embrassé avec une certaine ferveur tendre ou impudique.
Certaines sont restées et certains : ses amis qu'il ne nommera pas. C'est seulement alors qu'on lui apporte sa bouteille de whisky qu'il reconnaît à ce que son nom est marqué en relief sur une bande bleue. (Lui aussi, il peut être en relief comme il veut). Une fille qui n'est autre, le devineriez-vous, que son ancienne maîtresse, lui lance un défi qu'il ne relève pas du ventre parce qu'il est trop tôt et

que le whisky s'est coulé jusque dans ses entrailles beaucoup plus vite comme une couleuvre inédite et jaspée et que les glaçons qui n'ont pas eu le temps de fondre se heurtent contre ses lèvres.

Cela fait un fulgurant chaud et froid et l'alcool commence à l'irriguer.

Il est bien chaud, bien tiède dans son cocon et n'a aucun besoin de greffer ses chenilles ailleurs.

Tant pis pour celle dont les faux cils orchestrent une musique d'appel lancinante, qui n'est que la représentation sage de l'identique palpitation de l'entrecuisse, réelle celle-là car rien n'est falsifié, rien n'est maquillé : sauf peut-être les bordures en incarnat pour exciter l'homme plus vite,
plus vite,
il danse et cela le fait pénétrer dans une espèce de transe, il marche au ralenti (tous ses mimes se débrident et son visage s'émacie; mais il n'est pas blanc comme les linges bouillis, stérilisés qui épanchent le sang des cuisses,
il est rouge et perlé de sueur et sa chemise colle à sa peau, l'accroche).

La fille danse en face de lui, elle élève ses bras aux aisselles vierges juste en face de lui; puis elle se cache la tête entre les mains et s'offre sans nom, sans visage : c'est simplement un corps, une trouée. Elle danse et ses jambes s'écartent, on croit que son corps tout entier va se fendre (l'âme), mais il tient bon et la fille laisse retomber les bras et l'émotion.

Pourquoi il est revenu boire du whisky avec l'eau Périer : l'eau au gaz carbonique.

(Comme s'il n'était pas suffisamment asphyxié).

Il allume une cigarette et une lueur dans ses yeux. Sa maîtresse lui dit qu'il a l'habitude de fumer quand il a envie de faire l'amour. L'idiote.

Il fume comme tous les soirs parce que cela va bien ensemble cette âcre saveur de tabac dans lequel il n'a pas ajouté d'herbes (d'ailleurs il roule lui-même cette sorte de cigarette et ne recrache pas la fumée créatrice) et la musique et l'alcool...

Il fait attention à ne pas en devenir bouffi et n'est presque jamais ivre, sauf à de très rares occasions de désespoir ou de liesse ; et sue assez pour éliminer les toxines qu'il ingurgite.

Cela le force ensuite à prendre des pilules de sel pour rétablir son équilibre au calcium.

On en parle (de la pilule), avec un vague étudiant en médecine qui en trimbale toujours deux ou trois boîtes à l'avant de sa voiture. En fait, il y a très longtemps qu'elles vont à Genève et il n'est aucun besoin de conférence sur le désarmement des ovaires.

Sa maîtresse lui rappelle que cela égalise le comportement de l'homme et de la femme ;

ce qu'il admet très bien puisqu'ainsi elle ne fait pas de manière pour qu'il se retire avant l'éclatement ou qu'il mette tous les glaçons destinés au scotch dans le bidet où elle s'écartait les cuisses.

Il reste que celle-là est belle, et artificielle sous les lumières artificielles et tamisées comme elle n'est pas capable de l'être ; car ce qu'elle aime et la seule chose qu'elle voit, c'est la déflagration qu'il peut lui produire sans doute mieux que d'autres : son sexe en est béant d'admiration. Trou noir :
il danse, elle reste assise et croise très haut ses jambes sous sa mini-robe en lamé argent.

Il remarque cela avec plaisir puisqu'il est presque sûr qu'elle lui est dévolue et que les autres ont tous leur cavale-cavalière dont ils s'occupent joyeusement.

Il l'embrasse sur la bouche : elle a un nouveau rouge à lèvres parfumé aux fruits. Elle sent la transpiration.

Assis, elle le prend en écharpe avec un bras autour de son cou et se penche pour lui dire qu'une autre le regarde, ce qui les rend complices et l'attache plus sûrement à Françoise qui mène l'intrigue tambour battant. Il se laisse faire indolemment par cette fille qui aime faire l'amour et ose le proclamer :
ce qui n'est pas une impudence très nouvelle. Elle est libre et sainement libertine comme tant d'autres qui dès qu'elles raccrochent

leurs bas à leurs porte-jarretelles n'ont plus une attention amoureuse pour eux et partent en leur laissant un baiser distrait sur les lèvres.

Désormais, Françoise dort nue ; du moins le dit-elle et il se souvient du temps où elle s'étranglait avec sa chemise de nuit et où les volants en dentelle lui agaçaient les narines.

Il pense que c'est un bien mais cette remarque n'est faite que pour glisser une note égrillarde et intime,
très maladroitement,
sauf que ce soir, Françoise ne porte pas non plus de soutien-gorge et qu'elle le lui fait constater en passant sa main sur le tissu léger et qu'il décèle la pointe dure de ses seins qui lui transpercent la paume.

C'est alors qu'il l'embrasse ;
pas assez sensuellement à son gré,
car elle se met à rire à gorge déployée comme deux étendards et l'entraîne danser sur la piste tandis que le rire fou fou fou le courbe en deux et qu'il n'arrive pas à avaler une rasade de whisky.

Il s'en relève le long du ventre, puis des seins, puis forcément se trouve à la hauteur de la bouche dans cette ascension qui n'a pas été suivie par celle du sexe,
cet assouvissement sera pour plus tard.

Là il fait la fête (mais pas celle de Françoise, la sienne, la vie, la bringue, la grande nuit).

Il fait rire tous ses amis en faisant semblant

d'être un peu plus ivre, ce qui lui permet de tenir des discours insolites où il dit très bien ce qu'il en est du cul et de la fortune de chacun;
ce qui est évidemment drôle et peu nouveau.

Françoise est toujours aussi attirante, follement existante quand elle croise les cuisses; si bien qu'elle gagne et qu'il est en forme : il le reconnaît en posant sur son ventre sa main qu'elle laisse un moment.

Puis, elle éclate d'un rire insolent qui découvre ses dents de panthère et ses gencives trop rouges.

Il lui dit de venir et elle prolonge à loisir les adieux aux autres en le lorgnant d'un œil allumé rieur moqueur.

Mais elle le suit.

Il paie son vestiaire en haut et il regarde dans la glace : il n'est pas joli, joli; il a les traits tirés comme le sexe.

Il est temps de coucher.

Il l'aide à enfiler son manteau et Françoise doit s'y reprendre à plusieurs fois pour trouver la manche et la belle part sans l'attendre, lui qui la suit nonchalemment...
et pourtant la rattrape vite, à la porte où elle s'attarde volontairement.

Elle a aussi envie de lui, une envie très simple, très décontractée qui ne la fait pas ramper à ses couilles : c'est une amante de haut viol, qui sait conserver ses distances avec ceux qui ne sont que les objets de son plaisir et du leur.

Elle marche posément à côté de lui en relevant son col à deux mains, puis celui du fémur lui apparaît quand elle a retiré son manteau et gardé sa mini-robe en lamé argent,
mais qu'elle ôte ses ballerines de la même couleur pour visiter son appartement qu'elle ne connaît pas encore puisqu'il est nouveau : il la soupçonne une seconde d'être venue uniquement pour ça.

Françoise relève le *Playboy* abandonné et le feuillette sans grand intérêt parce qu'elle le connaît certainement déjà, lovée dans ses pages. Puis elle le range en vraie maîtresse de maison (close car c'est de lui seulement qu'elle sera maîtresse une nouvelle fois).

Pendant ce temps, il lui met entre les mains un verre de vodka susceptible de lui faire réinventer la danse tzigane ;
ce qui serait merveilleux pour lui si elle consentait à se mettre nue et accroupie d'effectuer la danse qui fait parler les lèvres de l'entrecuisse :

Ce n'est pas lui qui y pense.

C'est elle
qui se met à plat ventre sur le lit ; les bras en croix pour qu'il défasse l'ouverture-éclair (ambre de la peau).

Il passe les deux mains sous elle et lui enlève son slip, ensuite il fait glisser sa peau d'anguille le long du corps, elle se met à respirer comme un poisson hors de l'eau. Pour l'instant : cette grossière contrefaçon du souffle court la fait rire soudain à perdre haleine sur le lit secoué lui aussi.

C'est à ce moment qu'il a irrémédiablement envie d'elle et qu'il lui met une musique russe qu'elle réclame à cris et à corps (en le caressant tellement bien qu'il oppose une résistance dure qui vaincra les siennes très facilement et il en viendra à bout – jusqu'au plafond, la matrice).

Elle s'accroupit sur la moquette verte, amende (peu honorable) et croise les bras sur sa poitrine comme les enfants sages; mais ensuite les jambes s'écartent et découvrent le vagin avec ses garde-fous et sa tour-prends-garde.

« Prends et regarde », lui dit-elle.

Du moins il conçoit qu'elle ne va pas déplier et ramener ses deux jambes sous elle sans qu'il y soit pour rien, mais elle est diaboliquement habile,

aussi il fond sur elle comme un oiseau de bras : bec et ongles.

Elle est dévorée, lacérée, prise;

du moins le dit-elle mais rien ne ressemble moins à un viol (même s'il la prend avant même d'avoir atteint le lit) que cette chute voulue.

Chut! chut! il n'en faut rien médire car c'est

vrai qu'il la bâillonne avec son sexe et qu'il la prend entre ses mains,
(tant et si bien qu'il pourrait la soulever à bout de doigts et qu'elle pourrait poser ses deux pieds sur ses épaules afin qu'il reçoive directement dans sa bouche ouverte l'offrande qu'il réclame).
Puis, il regarde ses mains poisseuses inventer des chemins de vie qu'il suit à la trace avec la langue et il va chercher le liquide d'un doigt qu'il met sur sa bouche afin qu'elle ne parle pas,
qu'elle ne proteste pas qu'il n'a pas fait son plain-chant, ouvert ses digues, fondre ses gélatines.
Alors elle le repousse et cherche son sac à quatre pattes pour y cueillir une cigarette qu'elle allume au coin de ses lèvres. (Lui, il avait pris toute sa bouche, jusqu'au fond de sa gorge et les cris émis s'étaient perdus dans son ventre directement, sans passer par l'extérieur.)
Elle s'assied en tailleur, de pierre comme une statue qu'elle n'est pas, et fume appuyée contre le mur
comme une divinité païenne : la Déesse des semailles,
(qui ne lèveront pas des armées de petits monstres conçus dans le plaisir qui leur ressemblent car la limitation est depuis longtemps survenue et elle ne se précipite pas,

comme d'autres, sous la douche glacée qu'elles décrochent pour la placer à l'envers des cuisses – cette pluie les lave de leurs méfaits,
leurs faits et gestes difficiles à décrire car ils se font dans le désordre
indescriptible couplé, tiercé, qu'il touche, pour dénombrer le nombre de sexes masculins et féminins, mais aussi pour les mettre au diapason du compte à rebours :

— 2 : il ne les connaît pas.

— 1 : il ne les aime pas

— 0 : Départ. Les fusées en forme d'obus éclatent en touchant l'orbite des jambes béantes et aveugles, soleils noirs des anus qui brûlent et arrachent des cris. On s'arrache la vaseline dans les pharmacies. Il y en a au *Drugstore* à deux heures du matin. On glisse sur les terrains en pente douce à suivre ; huileuse et graissée jusqu'aux crevasses, les moindres où on se laisse tomber avec des cris de ravissement répétés en échos sur toutes les parois)
casse-tête chinois : le pain rompu s'est multiplié combien de fois et combien de fois renaît-on des cendres après un départ en flèche empoisonnée puis brisée.

Il croit ne pas renouveler de la nuit ses excès d'écoliers,
école buissonnière dans les chemins creux plus fréquentés qu'on ne croit car les ornières sont profondes comme ses pensées.

Il en est tiré très subitement par la sonnerie du téléphone insolite et cocasse qui le rappelle à l'ordre et le fait bâiller à décrocher la mâchoire mais non l'écouteur;
ce qu'il finit par faire à l'usure, après un long appel suraigu qui a raison de lui, si l'on peut parler de raison quand on lui téléphone à cinq heures du matin et qu'il sort juste de l'orgasme avec son ancienne maîtresse et qu'il a la bouche pâteuse, ce qui doit transparaître forcément.

Cela va jusqu'au silence total du fait que Françoise le lui fait remarquer, et il reste bouche bée. Il remue les lèvres sans prononcer une parole comme le vagin d'une femme en rut.

Mais ce qui lui arrive est un saisissement bien pire, bien plus effroyable, et cela laisse le taureau écumant, le mâle stupide. Il roule des yeux obnubilés par la vision d'une fille aux jambes écartées inondées de foutre et de sperme qui le fixe d'un œil injecté de sang, bordé d'une forêt atroce et immonde.

Comment faire pour passer inaperçu devant ce cyclope, recouvert d'une peau de mouton crêpelé sous laquelle il sue sang et eau.

Si Françoise criait pour couvrir sa voix, il pourrait répondre, sûre qu'elle ne l'entende pas; si elle pouvait couvrir son corps contre lequel il se prend d'une haine flagrante.

C'est pourquoi il répond très calmement au téléphone et d'une voix plate comme un écran pour demander où il peut la voir (l'avoir, l'apprendre par cœur en suçant toute sa substance par les douze tétons qui descendent jusqu'à sa taille si bien qu'il attrape une indigestion de lait et qu'il se retrouve à l'hôpital, tout nu, avec des gens qui marchent au ralenti, un doigt sur la bouche pour lui taire un secret et qu'il profite d'un moment d'inattention pour s'éclipser et aller vomir sur la voie lactée : c'est là qu'il a été brûlé vif et qu'il est retombé en cendre atomique sur son lit et que tout a été pulvérisé et a éclaté :
de rire).

Sa maîtresse le nargue sous prétexte qu'on ne va pas prendre un petit déjeuner aux Halles à cinq heures du matin sur un coup de téléphone et de tête :
car il est évident qu'il veut retrouver L… sans aucune autre raison qu'un profond et morne désir de savoir ce qui va se passer, qu'il devine à peine et cela vaut mieux car lorsqu'il commence à prévoir et tirer des plans, il ne lui reste plus qu'à attendre qu'il ne reste plus autre chose à faire que crier et supplier pour revenir en arrière, au point mort où il n'avait pas encore avorté le cheminement du temps pendant lequel sa maîtresse le regarde d'un air incertain. C'est à ce moment qu'il reprend le dessus,

(non qu'il se jette sur elle, qu'il la lèche, qu'il la fasse jouir une septième fois, cette image est toute théorique. C'est celle du mâle qui reprend contenance.

— Et est-ce une contenance de forniquer ? certainement oui (sept cents millions de fils que l'on pourrait tellement bien faire éclore en éprouvette et non dans le ventre hostile d'une femme), il ne renoncera pas à ses lance-flammes et il s'y est finalement mal pris pour démontrer qu'il ne la touche plus mais qu'au contraire il veut qu'elle parte, qu'elle parte, qu'elle

Quel dommage qu'il lui ait arraché ses ailes de mouches en forme de cœur sur les fesses, il portera longtemps le fer de cette mutilation maladroite s'il ne se tire pas fort bien de cette impasse vaginale, et vite !

La seule chose qu'il puisse opposer au cul, c'est l'amour avec la bénédiction instantanée de toutes les girls dont les cuisses sont irriguées de son sperme douteux et insipide.

L'autre, il prétend ne pas la toucher et en être amoureux à tel point qu'il la respecte tout naturellement comme elles en rêvent toutes sans l'avouer. Elles préfèrent se faire mordre quarante fois la tendre turgescence des seins, se faire tourner la langue sept fois dans leur sexe, avec une sauvagerie directe et sans égard et jouir d'être bafouées de cette

violence comme elles le méritent,
tandis que lui est amoureux d'une autre, fou à déborder sur Françoise en sperme (parce qu'il ne dément pas que Françoise le fasse bander mais pas assez longtemps pour qu'il se tienne tranquille, blême et les lèvres serrées dans la pénombre, après avoir joui plus d'une fois rien que de la voir extasiée et molle par les caresses de sa langue vibrante comme celle d'un bouc et de ses mains électrisées).

Bref, Françoise comprend mieux que vous ce fatras sentimental jailli absurde, échevelé, c'est du moins ce qu'il croit avec sa piètre lucidité ; qui sanctifie le jeune homme qui se laissa mâlement entraîner de l'avant-train.

Il ne faut pas que cet égarement retombe sur celle qui attend tant de douceur de lui et pour laquelle il rêve de bague au doigt de son pigeon voyageur rose et noir.
(Parfois il lui tordrait le cou, le pauvre, son petit cou annelé et fripé, pour ne pas avoir apporté son message en terre fertile. Il s'agit là d'aparté proprement personnel, de pérégrinations de ses pensées bassement rampantes comme un serpent dans la fosse du creux des reins) ;
ou bien il est trahi par l'auteur,
(de ses nuits dans les sexes saccagés des filles et pourtant celle-là le croit et se laisse sottement attendrir par cette imagerie populaire dont elle avait longuement rêvé, et que cela arrive à

une autre gonflait ses espérances d'une aube où on ne l'aurait pas touchée de la nuit et où on lui aurait seulement murmuré qu'on l'aimait quoi qu'elle fasse :
c'est pourquoi elle a résolu de ne pas coucher et de ne se donner que très doucement et très sûrement avec la certitude de ne pas revenir en arrière et que chaque frôlement est plus important que tout le reste : de s'être laissé écarter dix fois en suivant car il faut bien meubler la nuit et il ne veut pas qu'elle éclate de ses simples caresses, il ne le désire pas.

Cet étonnement qu'il lui fait la rend bonne : elle se lève se rhabille elle disparaît).

En fait tout ne se passe pas aussi idéalement. Il faut attendre que Françoise se lave, se désodorise, se recoiffe, se regarde, se refasse, recommence... avec une lenteur sans doute voulue, dans son inquiétude d'être dupe, mais il finit par la persuader tellement bien qu'il s'en lave les mains qu'il met dans ses poches. Et il part;
avec l'entière confiance que Françoise fera comme elle a dit, elle claquera la porte derrière elle puis des dents dehors s'il fait froid, où elle prendra des inhalations de brouillard qui sortiront en volutes de ses naseaux de jument victime d'une erreur au pesage des mots. Qu'importe puisque ce qui lui tient à cœur c'est qu'elle laisse le repaire vide,
il ne veut pas parler de sa tanière intime car il

y a longtemps qu'il a quitté cet abri derrière un taillis broussailleux qui comme dans *la Belle au bois dormant* s'est écarté avant son passage pour lui montrer le château et c'est là qu'on triche avec la légende car la Belle a été réveillée durant ces cent mois plusieurs fois par jour par de nouveaux princes, charmants, assez insignifiants tout compte fait : il ne se fait pas d'illusion sur ce qu'il est, même si c'est pour un temps très limité.

C'est ce jeune homme-là qui songe vaguement que L... se jette dans ses bras, son delta marécageux si bien que si L... colle au buste, L... collera au bas-ventre n'est-ce pas ?

Il n'a pas besoin de votre avis favorable ou défavorable qu'un tel appel ne peut venir que d'une fille résolue.
(à une seule chose mais à refaire plusieurs fois : il l'a expliqué).

Les jeux de construction de son enfance, les cubes et les cylindres se sont certainement cassé le nez ici même, à cet instant où il enfile tout seul son pantalon comme un grand et précaire adulte.

Il se demande si ses dernières recommandations à la fille qui n'est pas la sienne mais une fille seront bien accomplies.

Il pense que oui car elle est comme tous d'une candeur et voracité incroyable de l'incroyable amour et elle a plié dos et bagage avec une indicible sensation de victoire et c'est pourquoi il n'est pas répréhensible.

En lui mettant l'amour sous les yeux, il lui a fait plaisir bien plus qu'en lui mettant son sexe entre les cuisses car la réalité de l'amour se dilate, gonfle les poumons d'air, de lumière comme l'arc-en-ciel d'après la pluie d'un sperme inutile, qui ne fera pas lever de semailles mais est cette seule perle de rosée sur les deux feuilles rouges d'un automne permanent, d'une demi-saison des amours, autant dire un demi-rêve, une demi-effraction dans l'irréalité, et pour l'effracteur une sensation morne de sécurité totale sans crainte de multiplier ses empreintes digitales sur les endroits les plus incongrus, les plus dangereux, car la multiplicité embrouille cette forêt vénéneuse et son corps tout entier n'est qu'un gribouillis d'empreintes aussi illisibles que la poussière qui n'aurait pas le temps de lui couvrir le corps d'un vêtement si léger soit-il.

Passe la nostalgie des campagnes désertes, de la case unique où il s'accroupirait l'hiver durant, avec sur ses talons la carapace épaisse de la bouse séchée depuis des millénaires alors que se sont effondrés plusieurs buildings à plusieurs étages, en ciment froid et armé du soutien-gorge à la gaine-culotte, non pas pour se défendre mais pour provoquer l'assaillant en duel au petit matin partout et chaque fois qu'il est possible de graver une

plus neuve et plus profonde entaille dans les repères centésimaux et gluants,
gluants, gluants, gélatineux,
il a dérapé plus d'une fois et effectué un looping dans l'infini, soit : il s'est trouvé la tête à l'envers et il a sucé cet univers chaotique et visqueux jusqu'à ce qu'il en ait plein la bouche et ne puisse plus ni parler ni rire.

Assez de confidences sur ses brunes amies (et blondes et rousses ; vous comprenez aisément qu'il s'agit des mêmes que celle qu'il a laissée derrière lui sans qu'elle caresse voluptueusement ses fesses arrondies comme les joues d'une enfant innocente).

Il s'est donc relevé et est parti de cette forêt très peu vierge vers une autre semble-t-il et de toute évidence
rousse et non point noire selon qu'L... se décolore ou non.

À vrai dire, il pense être de nouveau trahi dans ses impulsions car il marche tout simplement d'un pas leste dans les rues d'un Paris qui l'est peut-être,
mais qui à cette heure est brumeux comme ses souvenirs.

Il regarde d'ailleurs fort peu les paysages, seuls les gens l'intéressent, fort peu aussi tout décompte fait.

Et après tout, n'a-t-il pas raison de garder pour lui ce silence abruti, en face de lui et par côté il y a les autres à perte de vue et de

temps : il est bien trop difficile de s'intéresser à tous et chacun est une énigme bien plus particulière encore, alors,
– alors, il répond comme à n'importe quel autre à cet appel singulier qui pourrait être celui de la chèvre et du bouc si l'homme n'était pas plein de détours et méandres, curiosité non avouée, observations sévères comme : pourquoi as-tu les ongles noirs ?

Plus il se rapproche de ce terrain miné, plus il se rend compte que la claire écriture animale risque d'être embrouillée par toutes ces divagations échevelées de leurs crânes ronds et non analphabètes.

Il aurait pu être clair pour lui qu'L… lui a téléphoné par un esprit d'aventure bénin s'il ne s'agissait pas d'une recherche de sensualité non avouée :
– « J'examinerai tous les tableaux, l'exposition permanente des corps, puis je choisirai par défaut la sculpture animée d'un mouvement perpétuel de bas en haut »,
de ventre à bouche, avec des contours sinueux et peut-être redessinés par un snobisme conventionnel mais complexe,
tel le dessin de la bouche au crayon rouge qui invente des arabesques sensuelles, mais il suffit d'un baiser pour que cela s'efface et qu'il regarde effaré la fille sans lèvres en face de lui, exsangue et effacée.

Il va reprendre des forces avec L…, se nour-

rir terrestrement et peut-être aura-t-il droit à ces petits glissements de terrain, spasmes organiques qu'il adore, à moins qu'un décrochement significatif de la mâchoire soit son seul remerciement à toute la peine prise pour la rejoindre à six heures du matin froid où il devrait être dans ses fourrures et sa soie avec une jambe de sa maîtresse entre les cuisses. Mais il a obéi et il en est vaguement furieux à une heure qui l'intrigue et l'accroche
– cœur ou pas,
car il y a un monumental point d'interrogation AVANT ?

— Avance donc, il reste le nez en l'air devant l'horrible et multiple bâtiment carré des Halles, qui grouille déjà d'une vie prétendument robuste et saine, de relents et parfums prétendument naturels, de choux-fleurs et de viandes et de bien d'autres choses qu'il ne saurait achever de citer.

Il préfère « That man » de Revlon, parfum qui sent le talc et la peau de bébé tout blond tout pâle (et dont l'eczéma n'est pas contagieux : il est rassuré).

Comme L..., toute pâle près d'un comptoir en cuivre, au milieu d'hommes trapus, velus, noirs, comme des araignées,

des mineurs : L... est l'or dont on relève la jupe jusqu'aux hanches.

Il arrive à temps pour empêcher une main lourde et poussive de s'abattre sur elle.

Il croyait déceler une pâleur plus démesurée. Les petites veines bleues courent sous la peau à la commissure des lèvres, au bord des paupières.

Au fur et à mesure qu'il les compte, il en discerne d'autres, myriades et ribambelles de serpents de vie et de mort, craquelée, boursouflée à la manière d'un tableau couchée sur la grossière toile de lin et à sa merci. L... est belle et elle lui fait peur, d'autant qu'elle devient livide comme une étoile tandis que le sang se retire sous l'outrage et que le reflux précipité fait palpiter les veines, faiblement, mais distinctement pour lui qui reste fasciné et pétrifié d'horreur par ses chemins battant sous le voilage de la peau qui crisse quand on la touche, blanche tuée de bleu et vivante de bleu.

Vivante.

Il doit comprendre à ce moment qu'L... est sa bien-aimée, à cette transparence qui l'emplit de tendresse et d'un élan de protection d'autant plus que sa fièvre monte contre les rustres, les sordides, les velus qui la baisent du regard, qui la souillent des yeux et la lui arrachent au fond de prunelles chassieuses tandis que la confusion ramène le sang fuchsia sur son visage adorable et qu'L... baisse ses yeux verts pour ne pas le regarder en face,

violette de colère quand il fustige du regard un homme qui se permet une plaisanterie grossière et détestée sur les pucelles puis sur les putains, passant incompréhensiblement de l'une à l'autre injure dans sa haine imbécile.
Il la prend par la main et lui dit :
« Partons d'ici. »

Il ne comprend pas qu'L... refuse d'un non soupiré et atone.

L... s'assied adorablement sur la banquette, les deux mains dans les poches et son manteau ouvert, la tête inclinée en avant et se mordant les lèvres dans une attitude délibérée, d'ordre qu'il exécute pour la première fois au moins encore.

L'inconnue reste muette et impérative.

Il se penche vers elle et L... ne bouge pas d'un pouce ou d'un index son doigt sur sa bouche mais il aperçoit la couleuvre verte à travers ses cils et il sait qu'elle l'épie.

C'est alors qu'il redevient fort, mâle, exigeant : stupide, si vous voulez car il se dit qu'L... n'est qu'une petite grue qui fait des histoires et simagrées,
irrésistibles !
oui, L... l'est mais pas mieux que les autres et cela ne prouve rien de plus qu'elle soit l'étoile jaune du berger et le guide car elle doit être bras et jambes écartés, clouée par sa stridence sur une grève hostile où elle a échoué et où il lui a jeté du sable dans les yeux afin qu'elle ne

le reconnaisse pas accroupi sur elle et écartant ses jambes où il s'embusque pendant son sommeil.

L... a parlé d'une voix méprisante, ou plutôt lente et imperméable articulée d'une manière baroque brève et traînante, une voix qui se souvient comme les coquillages de la grève du temps qui refusait de se laisser inventer à demi-tarif dans les halls des gares d'arrivée et de départ : il devrait y avoir autant de morgues que de cliniques d'accouchements. S'il fait une autopsie sur lui-même, il constate qu'il mourra de mort naturelle, car tous les gestes de désespoir sont permis et l'assassinat n'est qu'une suite logique. Qu'il ne s'aventure pas dans ce chaos : il coïncide exactement alors qu'il laisse sa décalcomanie et revienne à lui.

Ils désirent manger une gratinée tous les deux et ils n'ont besoin que d'un signe de tête pour le faire comprendre au serveur. L... a repris sa dignité; il se reprend à son énigme. Il veut la faire parler. Son nom même serait une démythification profonde.

Il reste là imbécile comme une statue auprès d'L... belle comme une statue florentine. Cela finit par créer un vague malaise qui ne semble pas l'effleurer tandis qu'il subit les assauts inverses du mépris pour celle qui vint à un rendez-vous de petit jour, de petite vertu.

L... ne retire pas sa main de la sienne mais

elle ne frémit pas et cette indifférence pourrait être une protestation discrète ou une sorte de lassitude, et cette absence d'encouragement est terrible car il se sent intrus.

Pourtant il caresse la main très douce et épineuse de bagues, mais plus encore gonflée de veines, lapis-lazuli, améthystes, rubis qui l'irrigue et la recompose tout entière,
pierre en liquéfaction, pierre, pierre.
Comme un fou il s'est mis à caresser la main du bout de ses ongles carrés,
(et c'est la seule géométrie qui puisse jamais le déterminer car désormais tous ces octaèdres, pyramides, triangles, ovales, pentaèdres, cercles – où il a éjaculé en geignant les formules magiques – ont éclaté). La main morte et de plomb lui transperce la main et il est prêt de suffoquer de cette main qui remonte à l'intérieur de lui, qui griffe et écarte sauvagement les tripes, oppresse le cœur et les poumons, le prend à la gorge, enfin elle s'abat et pour longtemps sur son cerveau ; sa ville, sa nuit.
Une nuit terrible à force de blancheur car la transparence est le plus hypocrite des traquenards : il ne voit rien d'autre qu'elle et L... est diaphane, une enveloppe de rêve prête à craquer comme ses articulations et cela lui fait une déflagration violente tandis qu'il tombe la tête la première dans la trappe et qu'il voudrait embrasser ses doigts à la jointure exacte entre deux bagues d'opale à la première et

deuxième phalange et qu'elle ne retire pas sa main.

Ce qu'il considérait comme un miracle permanent, une échappée de songe si L… ne devenait à l'instant la fille à séduire et lui le séducteur, l'homme qui calcule, qui déduit par une opération non arithmétique un certain nombre de millimètres cubes de sperme après bien de bave inutile, traînée de poudre sur sa bouche explosive avant les seins qu'il imagine patriotiques, veinés de bleu, une fleur à la bouche rose
– et la bouche est la sienne voilà pourquoi sans aller si loin il entrevoit qu'L… doit être conquise comme les autres, avec la même technique désapprouvée et stupide de baisers du bout des lèvres, puis de la langue, puits : il tombe dedans en hurlant mais à une vitesse tellement grande que ses cris ne vous parviennent que bien des années après son viol au cours d'un procès retentissant qui vous ameuta tous. Le tout était de savoir s'il l'avait violée ou si L… l'avait hypnotisé, auquel cas il était reconnu non coupable d'atteinte à la pudeur collective mais d'un narcissisme total étant donné ce qu'il a eu l'audace de faire : une effigie renversée qui est son reflet féminin. Il pourrait être poursuivi pour masturbation éloquente.

L… retire doucement sa main et se met à

rire aux éclats comme un masque brisé, ce rire faux lui semble une provocation.

S'il avait eu un gant il l'aurait abattu sur son visage mais il est main nue et c'est cela qui effleure tendrement son visage qu'il tourne vers lui, qui lui tourne la tête
– la sienne tandis que ses yeux verts fixent gravement et qu'L... se mord les lèvres avec une telle grâce émouvante et triste qu'il oublie qu'elle doit être soumise et il reste lui-même en suspens dans cette rêverie dont L... se dégage la première en redessinant de l'index son profil.

Cette pirouette le ramène à la réalité du calculateur cynique du chemin à vol d'oiseau de la coupe aux lèvres,
vermeille de nectar musqué, sculptée à même l'oiseau sombre et qui fut poignardé en pleine poitrine où la plaie ouverte et infinie sécrète son plaisir jusqu'au bas des jambes et c'est pourquoi il lui baise les pieds.

L... parle beaucoup désormais, de cette voix mal articulée, si bien qu'on lui donnerait un accent qui n'est pas celui de la vérité, mais d'un pays prodigieusement attirant.

Il la met à nouveau dans ses bras arrondis et L... lui prend la main, puis tout s'abat brusquement et ils plongent le nez dans leurs écuelles pour manger.

Cette accalmie ne lui permet pas de faire le point (non pas d'orgue : ses tuyaux sont pleins d'air et ses pensées de vent autant dire qu'il n'en a aucune et se contente de ce repos très indolemment). L... finit la dernière de manger car elle a beaucoup de difficultés à couper le gruyère qui file comme le temps et qu'elle tranche avec les doigts d'un air de culpabilité profonde et dérisoire, puis elle fourre la cuiller dans sa bouche et reste sans mouvement, très longtemps, avec la nourriture prête à jaillir dans son palais (et il croit que ce sera encore une chose à lui apprendre que de sucer franchement les millions de germes de son doigt annelé par de multiples mariages quand cet index la désignera comme la suivante, que ce gouvernail dirigera ses gondoles vers L..., canal profond où le passage de l'écluse aura lieu plusieurs fois peut-être sept peut-être treize, avant qu'L... lui appartienne vraiment).

Ils se lèvent, il paie bien si ce n'est pas de mine, ce qui lui donne le droit de sortir sans attendre en la prenant par la taille, entre le buste et le ventre très précisément.

L... parle continuellement, d'elle bien sûr, se contredisant sans cesse et riant bas de ses contradictions qui ne la font pas rougir jusqu'à la racine du pubis, car elles sont dues aux seules facéties des changements de dimensions si bien que ce qu'elle dit d'un côté elle le rétracte aussitôt de l'autre.

Lui-même s'embrouille et n'en tire aucune

conclusion sinon qu'il battra son fer chaud, rouge sous la gaine enfantine.

Il décide, dit-il, de la transformer. En fait, il la raccompagne seulement jusque chez elle, au pied du mur de sa maison et là, L... raconte qu'elle ne sait pas si elle pourra le voir ce soir car on lui téléphonera peut-être ou peut-être pas. À ces récits embrouillés il répond le plus simple et il convient qu'L... l'appelle à grands cris (à petit corps strié de veines et son seul vêtement serait la confusion qui lui conférerait une roseur de plaisir non érotique, mais pareille à sa volupté).

Qu'elle le rappelle (à l'ordre ou au désordre car ses glaces ont fondu et ses eaux débordent),
ses eaux de vie et de mort contraceptive.

L... le laisse au pied du mur, il devrait être à ses pieds petits comme des mandarines.

Il se contente de l'embrasser sur le front, au beau milieu de ses pensées auxquelles il ne comprend rien et lui tourne le dos sans savoir s'il lui a tourné la tête car il ne comprend rien au principe des manèges. Celui-ci semble arrêté; il marche un peu voûté, portant comme un enfant le matin sur ses épaules, vers son lit où il se retrouve plus vite qu'il n'aurait cru.

Les draps recouvrent très exactement son corps impudique, tandis que ses rêves se logent dans les plis inégaux comme tout ce qui est ; et ces cloques de rêves commencent à le boursoufler partout comme des sangsues qui effacent tout son sang clair.

Quand il en est complètement vidé, quand ces picotements font une immense souffrance, il se met à léviter dans son lit, dans un halo d'obscurité et s'il s'élève jusqu'à sa fenêtre.

Il s'arrête sous son menton et ses draps se liquéfient, deviennent transparents. Avec une extrême pudeur mais calmement, L... se penche et plonge son visage saisi du parfum musqué de son aine, pour baiser très chastement son sexe et elle comprend que ce n'est pas si difficile et qu'elle ne sera jamais saisie d'obscénité et que son désir qui porte la tige à la fleur est somptueusement, vénéneusement délicat.

Il ne faut pas qu'L... se rétracte, que son sexe devienne strié et sec ; qu'elle le coince entre ses cuisses dures et rigides comme des épées, car il ne résistera pas à cette mutilation et il va malgré lui l'écraser de tout son poids d'homme mort, et sans pouvoir se retenir il est entraîné tout entier à l'intérieur d'L...

Il étouffe contre les parois de sa matrice. Son corps est recouvert d'un voile gluant qui le paralyse, cela est sensible surtout à la tête. Il essaie de se retenir le plus possible pour ne pas lui faire de mal, mais pourtant il distend son ventre qui se détache d'L... et monte au ciel comme un ballon, quand il est ramené à la réalité par des forceps diaboliques et il rampe et se fait petit. On le tire par les jambes, enfin on lui arrache son voile et une eau jaune comme un pus s'écoule et il prend sa première respiration en poussant un cri. C'est ainsi qu'il se réveille entortillé dans ses draps à six heures du soir et qu'il coupe le cordon ombilical qui le relie au rêve.

Dans la réalité, qu'est-ce qu'il fait ?

Il pense à L...

L... se déroule dans sa gorge et coule lentement dans l'œsophage pour diffuser dans le ventre : c'est sa première nourriture.

Pour oublier une obsession aussi stupide, aussi bêtement présente, il ouvre la fenêtre puis s'enferme dans la cuisine en frissonnant et il se prépare un petit déjeuner merveilleux.

Le café gonfle dans sa cafetière aux hanches de putain, et il se répand un brûlant liquide brun.

Bien sûr cela ne lui fait penser que de très loin aux pertes de la jouissance mais c'est délicieux à savourer, lorsqu'on y ajoute les tranches de brioche aux raisins de Corinthe dont les grappes sont si semblables aux siennes, très finement grillées et imbibées de beurre liquide.

Cependant il n'arrive pas à la digérer, à la dissoudre dans ses sucs gastriques, dévoreurs d'illusion. L... reste inexplicablement intacte et ce n'est pourtant qu'une angoisse inavouée, inaperçue, mais qui le prend à son grand malaise tout entier.

Il l'attend, il l'attend, il l'attend... et pour cela il se maudit mille fois car L... n'a pas une si grande importance, seulement l'incertitude la lui fait supputer à tout moment.

Il s'en défend bien mal, car son absence négative la renforce :
quelle importance qu'elle ne vienne pas (lécher ses fleurs, arroser ses parterres, qu'il ne dénoue pas son tablier de jardinier, que sa poche kangourou ne le dérobe pas aux regards, qu'elle ne ferme pas les yeux sur toutes ces choses qu'il lui fait, d'abord quand il l'embrasse de sa langue gonflée, éclatée dans sa bouche).

Car cette répétition négative la multiplie, l'articule, la dénombre, même s'il ne s'avoue qu'à la moitié qu'il retarde l'heure de son bain, du grand nettoyage, de peur de la manquer, dans ce temps englouti d'eau et de savon où il glisse pourtant mais à regret.

Il flotte entre deux eaux.

L... et son bain d'eau japonaise O-Bao dont le bleu est estompé par celui de ses veines et les mousses par les lichens de son paysage neigeux, l'oasis de son désert où il voudrait boire l'eau bien après un long voyage sur son corps où il fut nomade et frappé du mirage de la bouche et des seins, alors ivre mort de soif, il gaspillera sans remords la réserve d'eau de son dromadaire et il reboira les eaux mélangées dans celle de son lac couleur de la lavande qui parfume le grand drap, linceul qui l'attend calmement dans son armoire à glace.

Il se demande si L… se rappelle de lui – le rappelle et il s'essuie le front tandis qu'il efface avec une grande serviette-éponge les dégoulinements.

Cet espoir rase ses forteresses, la lame fauche les poils si peu virils si peu nombreux de son visage, sur ses tempes arrachées et son menton pensif.

Ainsi il devrait être sept heures ou sept heures et demie que le supplice offensant a commencé, aussi il s'en prend à L… et se promet de ne pas lui laisser le temps de réfléchir, réfracter, refuser, se reprendre : L… fléchira ou il la renverra chez elle sans explication, il faudra qu'elle sache ce qu'elle veut,

que peut-être L… sait très bien et cette comédie n'est destinée qu'à la divertir, dans ce cas L… pliera, L… cassera, il brisera la vitre de secours et L… criera pour donner l'alarme et l'incendie sera éteint par une eau lourde et écarlate.

Qu'est-ce qui lui fait supposer cela, en ce moment même L… le trompe déjà avant de

lui avoir appartenu puis elle l'appellera en toute innocence :
le suivant.

À moins qu'elle ne se donne même pas cette peine, il n'est pas son désespoir ni son espoir habillé, cravaté pour elle qui est l'objet seul de cette attente, un livre ouvert sur ses genoux, qui pèse un oiseau mort et le téléphone inutilement accroché prend entre ses cuisses sans être relié, ne serait-ce que par un fil, à son Ariane.

On le flagelle, on frappe à sa porte et il se retient longtemps de crier à l'intrus et de lâcher ces germes menaçants.

On lui brise sa colonne vertébrale, son silence, son secret, sa résistance ; il se lève et regarde à l'œil microscopique qui refuse de voir ce qui le pousse à tourner la page sur ses gonds sans rien savoir de la suite.

Cette audace lui réussit tellement bien qu'il ne réalise pas instantanément ce qui s'est fait sans lui, tranquillement sur le seuil de sa porte.

La flagrance de son retour lui apparaît quand il embrasse ses lèvres lilas sans les confondre avec le nénuphar violet des cuisses perlées d'eau de jouvence,

d'éternité gélatineuse et chaotique où il se contemple,

dans ce cristal égratigné, secoué à l'interférence de ses spasmes convergents :

le rouge, il le reconnaît comme la plus belle couleur qu'il porterait aux nues pour une fin du monde délicatement nuancée de l'irréelle confusion qui la colore à l'obus éclatant des jambes.

Il se fera explorateur de ce volcan dont les laves jailliront pour la première fois sur lui, pour l'engloutir, pour le laver, pour le coaguler dans une éternelle adoration qui lui fit vagir quelques paroles de bienvenue, saisies d'un étonnement stupide.

L... est entièrement en blanc, neigeuse comme une pente où il entreprend un slalom démesuré, un passage par toutes les portes et il a été projeté tout nu dans l'espace en skiant sur ses deux couilles un christiania (Christi-Anna)
divin et fervent tandis qu'il lui fait cygne de rentrer dans sa volière et qu'aile relève la tête puis la penche de côté sur ses plumes-fourrure imperméables à l'eau oxygénée qui blondit ses cheveux et le décolore.

Pourtant il voudrait bien creuser un trou au milieu du dos et s'asseoir en tenant ses reines où perle une goutte de lait pour le père de leur enfant.

En bref, il voudrait l'atteler à son manège, ses manigances et attacher la plume sorcière née des végétaux pissenlits : nourriture des morts qui lui chatouille le nez.

L... s'assied en croisant les jambes sur son canapé sans enlever son manteau. Il aurait voulu porter plus loin le supplice et se faire Christ ou même un des deux voleurs à cette croix, et sa tête, seulement sa tête aurait reposé sur le coussin d'algues brunes et varechs jusqu'à la prochaine marée.

L... commence à parler, baroque comme une perle, sa voix a des accents aigus, lourds, graves, stridents et étouffés qui la font gein-

dre, mugir, crier, se casser, traîner à ses pieds : lui qui enfile seulement son pardessus (les moulins d'homme à femmes), et invite la jeune fille à manger non de la mixture commune, la nourriture unique mais chère comme un caviar blanc (le plus précieux) de son sexe, mais dans un grand restaurant que sa voix et ses pieds lui font désigner chinois. Il se heurte bientôt à la bâtisse rouge mais laquée afin de contenir l'hémorragie des murs, la leucémie incurable de cette Chine dépaysée, où L... entre très naturellement tandis que des Chinoises saphiques, nues sous leurs kimonos, s'inclinent sur son passage jusqu'à frôler sa poitrine de leurs lèvres vermillon comme des pavots qui endorment la douleur d'un dépucelage viril mais surtout provoquent aussi bien la folie, le chaos originel de sa bien-aimée qu'il redoute telle avec une angoisse décroissante au fur et à mesure qu'L... survole comme un grand oiseau frêle ses salutations et masques de déférence – érotique pour aller au fond de la salle sphérique de sa matrice avec une langue effilée ou des mains fines aux ongles longs et vernis arracheurs de cris orgiaques.
– et qu'L... va au fond de la salle à manger des rêves et boire du thé au jasmin dans des porcelaines blanches et bleues comme l'intérieur de ses cuisses repliées sous la table basse comme leur marée qu'il veut attirer par sa lunaison

jusqu'à un débordement incohérent et total, un équinoxe, un solstice merveilleux de leurs sexes pas seulement, mais aussi de leurs corps violés délibérément, pollués, salis, salés d'une sueur originale et bénéfique autant dans la mer noire et morte de fatigue que la rouge, et l'Atlantide des seins dresse ses temples et ses fausses pyramides car le pharaon et ses trésors sont enterrés beaucoup plus bas dans la vallée du Nil où les temples sont creusés à même le corps, profonds mais frappés de la lumière de l'incandescente bougie.

À cette lumière, sa transparence semble truquée et il se demande comment ouvrir le mécanisme à secret, mais il se lasse vite à se poser des questions auxquelles il ne sait pas répondre ou faux

et il s'attache simplement à être avec elle à chaque instant si bien qu'il la voit choisir délicatement dans les plats et porter à sa bouche la nourriture avec des baguettes effilées et assez longues pour crever l'œuf dans l'œuf, étouffer les premiers cris du bébé illicite et le noyer et le dissoudre dans son ventre.

En fait, L... sait très bien se servir maladroitement des baguettes et hésiter à lui sourire en se mordant les lèvres qui en deviennent un peu plus roses, un peu plus brillantes

avec un grain de riz lourd comme un sperme coagulé au coin de la lèvre.

Et tout rentre dans l'ordre (la débauche d'intestins) avec une mimique adorable qui amène la langue ainsi que le doigt sur le grain de riz, grain de beauté érotique de la Chinoise blonde qui baisse au même moment ses paupières lisses.

Puis L... s'arrête et il la sert en thé dans des tasses si minuscules, si délicates et translucides qu'on y boit comme entre les cuisses d'une jeune fille la boisson parfumée, ce qu'L... est libre de faire et cela le met au supplice.

Qu'L... soit libre ce soir, cela veut dire que sa place faible n'a plus de guetteur, plus de veilleur de nuit et que c'est lui le suivant : l'homme facile.

L... laisse sa main amener la sienne à ses lèvres, et il lui mord le côté droit de l'annulaire de la main gauche
(le doigt le plus adultère pour caresser une compagne ou être sa propre adoratrice dans un miroir à trois faces et six fesses) et cela lui fait pousser des petits cris très vraisemblables et qui ne semblent pas désapprobateurs tandis que le serveur attend glacé et rond comme une pleine lune jaune de miel : d'orgies légales, qu'il lui demande un dessert érotique et euphorisant de gingembre et kumkuat confits mais cependant vivants, et l'on s'en aperçoit quelques heures plus tard avec une terrible envie de parfaire l'amour, rendre plus éloquents, multiplier les cris et les gémissements en échos contre la muraille rouge de

Chine des muqueuses et ivre du vin de leurs meilleures cuvées,
boire l'eau salée et amère de la sueur avec un inéluctable délice.
L... fait cela discrètement, elle mange du bout des doigts (c'est d'ailleurs ainsi qu'on crée les plus merveilleuses caresses) les écailles de gingembre et les mandarines naines mais ensorcelées. Il lui reste à glisser sous son enveloppe en papier de riz la note aiguë : quelques yens dans les yeux en fente de boîte aux lettres du Chinois qui les a fastueusement nourris et qui s'incline en le remerciant, puis en profite pour aider sa bien-aimée à remettre son manteau avec une déférence tellement érotique qu'il croit assister à la scène à l'envers et qu'il s'attend à ce que le projectionniste s'excuse et la repasse à l'endroit.

Alors il retire cérémonieusement le manteau puis il fait jaillir les seins hors de la robe et saillir les pointes. Il la couche sur une latte en paille de riz avec une force délicate, surprenante pour sa petite taille et la robe n'est plus qu'une large ceinture autour des hanches. Les lèvres du samouraï se retroussent et découvrent deux dents longues sur les côtés, tandis que ses yeux s'étirent comme deux dagues,
mais la vraie fend la ceinture du kimono. Il soulève la fille par les reins et lui écarte les jambes. Pour cela, il s'est mis à genoux, et l'a tirée vers lui, alors il soulève un peu plus haut

la femme en la tenant par les fesses jusqu'à amener son sexe à bonne hauteur juste au-dessus du sien. C'est là qu'il s'arc-boute et se cambre si bien que son aine est projetée violemment en avant et son sperme au fond du sexe de la fille qui gonfle de plaisir à chaque soubresaut et déborde.

Il faut qu'il parte d'ici et vite car il ne peut plus supporter cela : ce spectacle où l'Asie a atteint depuis longtemps cet érotisme ciselé qui est le sien avec la seule différence qu'il est tendre et qu'il voudrait le faire partager à L... seule, pour une multiplicité des jambes et des bras, des sexes et des aisselles et des mots : il l'aime, il l'aime.

Qui ?

Hélas il est seul à le savoir.

Ainsi, rue de Seine il embrasse son cou et puis le mord. L... recule, et il la rattrape comme une faute mais c'est elle qui s'abat sur sa poitrine en appuyant sa tête pendant un infini décroissant au fur et à mesure qu'il baise son cou sans qu'elle proteste, de la première, mais non à la trente-sixième vertèbre et qu'il relève sa tête qu'elle abat, sans doute le fait-elle exprès, sur l'autre épaule ; mais il a la patience de la reprendre. Cette fois L... lève si haut la tête qu'il n'attrape que son menton et comme il faut en finir il lui demande ses lèvres à baiser, il ne précise pas qu'il les lui faut toutes et pourtant L... hésite, prend des mines confuses, hésitantes au beau milieu de quoi, il la force à l'embrasser. Il ouvre ses lèvres avec ses dents et durcit sa langue qui gonfle comme une éponge dans sa salive. S'il ferme les yeux, il sent à la caresse de ses cils vers le bas, qu'L... aussi les a fermés.

Ensuite, L... prend sa taille et s'appuie délicatement contre lui si bien qu'il la traîne jusqu'à son lit, mais en empruntant une attitude innocente et des rues détournées de son droit chemin. Rue Visconti, rue Bonaparte, princes et empereurs il l'embrasse sur sa peau veinée d'une géographie diabolique qu'il suit à la langue et il s'arrête longuement à la palpitation des tempes qu'il aspire tandis qu'elle frotte sa tête sur sa joue comme une hyène qui guette l'odeur de transpiration proche du désir.

Quai Malaquais, il descend à la Seine, mais non au sexe dont les rives ne sont pas pavées de bonnes intentions comme l'enfer,

mais de buissons ardents où il se brûle la bouche et la langue dont les cloques crèvent comme des chiens et des cœurs alors il bave de plaisir,

tel celui de couler sa péniche blanche et si ce n'est déjà défait : il lui demande :

L... ne répond pas, ce qui lui fait reprendre sa question virile et il la questionne sur le nombre d'or de ses orgies :

L... rosit, rougit, gesticule, se contorsionne

pour finalement déclarer que c'est difficile et s'éloigner en psalmodiant quelque chose qui est certainement une révélation mais qu'il n'arrive pas à saisir, puis L... éclate de rire et lui cloue la bouche d'un baiser très naïf. (Très naïve, l'hirondelle est tombée du nid avec de grands cris de défense et dénégation : il l'a prise et pas seulement dans sa main, de son doigt inquisiteur et tendu et c'est là qu'L... l'a pris dans son sexe, dans ses filets, son hamac suspendu à ses lèvres au-dessus du ventre.)

En fait,

en remontant quai Malaquais pour reprendre la rue Bonaparte, il a mis la main sur sa poitrine sans qu'L... puisse l'empêcher de tenir cette boule de cristal où il lit un avenir très proche d'elle,

épidermique et plus encore

craché, éjaculé et recueilli même là où bientôt il pourra relire la même prédiction sur le marc de café du pubis qui lui échappe quand, sans un mot, elle prend sa main sacrilège et la porte à ses lèvres ce qui le fait sourire mais l'irrite fondamentalement contre elle qu'il accuse de le faire marcher (sur la pointe des pieds : comme un fakir qui après trente jours en suspens est renvoyé chez lui écorché vif avec la considération pour tout salaire) sans prendre de risques certainement pas, car un homme saura d'une prospection du bout des

ongles redessiner très chastement la peau si bien qu'L... ne se méfiera pas des trompe-l'œil où le puits artésien est ouvert d'où jaillira l'or blanc qui adoucit la brûlure des muqueuses et augmente la sienne tant qu'il recommencera mille fois et mille et une nuits cette tapisserie délicate sur son corps, alors il laissera pousser ses ongles car sa sédition sera celle d'un surnaturel effleurement jusqu'à ce qu'elle sache : qu'il faut aussi être prise en flagrante posture pornographique, et imposture de la pudeur par laquelle L... est mièvrement allongée à côté de lui qui se tient assis contre son flanc,
(à un moment ou à un autre il lui viendra l'évidente envie de se pencher et baiser sa toison. Brusquement, il faut alors qu'L... lui ouvre son sexe en l'emprisonnant, la tête sous sa jambe comme à l'échafaud d'une condamnation douce à laquelle il s'est entièrement soumis puisqu'il a déplié ses jambes et qu'en se tournant L... doit attraper son sexe entre ses dents, ainsi il ne trouve plus aucun obstacle à se transvaser l'un dans l'autre, non sans remous, reptation effrénée, tempête, déluge qui va jusqu'aux pleurs parce que sa gorge est prise et qu'L... ne peut plus crier ni vomir quand il suce son sexe dans l'état de délire excessif du cercle
tellement bien que plus il s'éloigne de sa bouche plus il s'en rapproche, ainsi que du

sexe où il s'incruste davantage à chaque fuite de sa part ou de la sienne
cette spirale l'emmène très loin dans l'irréalité mais il est dessiné en perspective si bien qu'il peut rester à la même place dans cette envolée vers ailleurs
accompagnée d'une rituelle et très ancienne mélopée gémissante, tranchée de cris, hachée de soupirs et de halètements où il implore certainement que le miracle se reproduise pour un échauffement et une moiteur vertigineuse des épidermes,
c'est pourquoi L... ne renie plus rien de l'évidente adoration de la chair,
du sacrifice humain
et elle reconnaît à voix haute et inintelligible, en levant son sexe en signe de serment solennel que ses muqueuses ne sont pas fragiles lorsqu'elles désirent être caressées et qu'il ne suffit pas de cela mais aussi des jouissances intestinales quand L... n'aura plus honte d'avoir en permanence sur elle un tube de vaseline déjà entamé).

L... marche à côté de lui en pliant les genoux et en s'abandonnant totalement contre sa hanche :
Il est la seule chose qui la retient de tomber (les pieds croisés dans un geste de protection instinctive et dérisoire car c'est seulement son respect qui l'empêche d'ouvrir de force cette bible où les versets sont rechantés chaque jour

dans un hébreu fascinant et difficile : sans doute il s'est trompé et cette langue sur son ventre et universelle à son corps est telle l'Inde de Christophe Colomb totalement différente, totalement nouvelle et neuve, rejaillie) – et la seule chose qui l'entraîne : ce douloureux plaisir il le goutte muettement
sans avoir peur de fermer les yeux
sur ses baisers mal faits, prématurés, où plusieurs fois ses lèvres se fracassent à ses dents et sa langue ne sait plus à quel rythme battre dans cette bouche maladroite qui renouvelle l'étrange histoire du vilain petit canard qui fit un cygne et dont il est le seul à ne pas se plaindre. Pourtant il se retient de lui dire et de lui apprendre l'art ébloui du baiser car il réserve cela pour plus tard quand L... n'aura plus peur seulement des mots, les plus terribles et qui l'effarouchent.

Ainsi L... hurle et se décompose quand il lui dit que ses seins qu'il avait presque droit (elle ne savait pas très bien) de caresser, étaient durs et ronds comme des galets, et lui défend, très pâle, de lui reparler de cette façon. Ensuite L... l'embrasse doucement pour se faire pardonner ce qui est certainement inutile et opportun car il est pris entre deux feux :
l'un pour la marquer au fer rouge : Rouée, catin ; mais aussi de la placer si haut qu'il ne pourrait pas, quoi que vous en pensiez, mettre son visage et plus précisément sa bouche et ses

dents et sa langue entre ses cuisses changeantes de couleur car il pourrait seulement effleurer les ongles roses de ses pieds jusqu'à ce qu'L... tende la main pour la rejoindre, ainsi il résisterait comme Ulysse à la tentation de la violer, de la méprendre.

Il lui parle doucement d'érotisme, L... l'approuve, ce qui est surprenant pour une fille aussi rebelle à ses mains sur son corps qui ne l'empêchent pas d'être à bien d'autres choses sans déterminer exactement lesquelles car cette imperméabilité aux êtres se communique à lui-même divisé et intact de plusieurs géométries exclusives et tyranniques tellement bien qu'il se découvre toujours un avis différent du sien.

Exemple

de lucidité et de connaissance intégrale de soi : il comprend qu'il s'échappe dans sa totalité nébuleuse;

Exemple

il lui est arrivé une seule fois de se tuer en dormant

sur une baie ouverte sur la cour des miracles car sa lâcheté lui a donné le courage de dormir d'un sommeil large de quarante-cinq centimètres sur le vide : mensuration approximative de ce suicide qui prouve qu'il n'en aura jamais quoiqu'il sache bien que cela ne change rien

à rien

Exemple
il relève sa jupe jusqu'au porte-jarretelles sans qu'L... puisse l'en empêcher, et il se rend compte que l'érotisme c'est quand, après ses protestations, il rabaisse la jupe tendrement jusqu'aux genoux en lui parlant et qu'L... lui répond très sérieusement tandis qu'il sent subrepticement que son soutien-gorge a glissé et lui laisse sous les doigts un quartier de lune comme un météorite échappé à toute raison.

L... se tient tremblante dans l'obscurité où il ouvre la porte de sa maison après un double tour de clé et de Babel car il se dit qu'il va coucher avec elle et qu'il l'assure sans hypocrisie du contraire.

Il la suit sans arrière-pensées et sans pensées du tout, dans la maison qui est la sienne avec une sensation de bien-être.

L... est entrée dans la pièce de séjour très simplement et ne sait plus quelle contenance adopter. C'est bizarre sa manière forcenée et passive de dénombrer les statuettes sur les murs, à ras de terre ; que de circonvolutions soyeuses pour les contempler toutes sans se douter que certaines sont fort rares et crétoises – « Ma Parisienne », et Maya, une statuette intacte (ce qui est plus rare qu'une fille). Qu'elle défasse sa robe ; il a de quoi créer à même son corps l'illusion des soies indiennes car sur une étagère, L... regarde les plaques de bois sculptées d'un régulier entrelacs qui ne la feraient pas souffrir s'il appuyait doucement les impressions sur sa peau plus fine qu'une soie, mais L... serait habillée et nue d'une dentelle à l'encre sauvage et parcheminée, couleur de sperme.

L... s'attarde au traquenard persan, miniatures achetées à prix d'or ou de famine (car l'or n'a jamais nourri personne, sauf celui qu'L... porterait à son doigt : un anneau fin comme un fil de la vierge mais délicatement incrusté dans la chair,
ou plat et encerclant toute une phalange, mercenaire payé pour une seule titubation dans son anus) qu'il faut regarder attentivement pour découvrir tous les détails flagrants d'impudicité,
(ce qui est merveilleux c'est qu'elle le fait et que lui arrive par-derrière pour déceler ses frémissements).

Plus tard, qu'il y pense, il pourra la faire manger dans ses assiettes en porcelaine, blanches japonaises de l'ère Mei-Ji, telles qu'elles ne révèlent leur érotisme démesuré qu'en transparence au dernier rayon du soleil ou à la lampe de chevet avant de se coucher : il n'aurait pas pu attendre.

Alors comme sur la prédiction transparente de l'assiette, blanche il ne faut pas l'oublier car c'est la raison pour laquelle cela la représente,
il lèvera sa jambe jusque sur son épaule où il

tiendra son pied à deux mains de peur qu'elle ne tombe, en fait il pose aussi la tête, la bouche de laquelle s'échappe un jet continu de salive sur ce pied froid et doux comme un ivoire qui ne l'empêche pas de regarder seulement le lieu géométrique de son arc : à égale distance des deux jambes écartées perle une première goutte de sang, L... gémit et l'écartèlement se poursuit quand il se cambre en arrière, ébloui par la naissance de la double pivoine, fleur japonaise aux deux pétales liés dont elle recèle entièrement la tige en elle. L... est un vase, une porcelaine où s'essouffle et se reconnaît une tubéreuse, une anémone violente car elle n'a pas dit qu'elle était sous-marine et carnivore,
des fleurs-vases, il lui faut s'envaser jusqu'à – L... se tient courbée et rigide comme le bois de l'arc qu'elle est ainsi que la cible qui palpite comme une lumière d'appel. Il ne peut pas se tromper lui qui vibre comme une corde et qui ajuste d'une main la flèche droguée, car il est ébloui et cet éblouissement, loin d'être fatal, fait se cambrer ses reins et plonger son corps terrassé,
il se retrouve en elle tandis qu'elle croit sa dernière heure de vertige arrivée et qu'éclatent ses supplications.
— « Recommence » dit L..., mais rien ne sera plus pareil, la violence ne se joue qu'une fois, déjà trop de sang a afflué à sa tête, elle est

trop lourde, trop moite, il lui a fait mal, il l'a acculée et L… en a conçu un plaisir étonné, la même violence n'aura pas le même effet.

Les mêmes causes n'ont pas le même effet. Il faut maintenant se faire pardonner, monstre, ce sera là une nouvelle occasion de découvrir le plaisir : il lui réserve de meilleurs traitements et il sera doux comme une couleuvre qui viendra trouver sa place exacte dans son silex en liquéfaction (pierre froide, pierre à feu) : donc rouge et ardente comme la morsure qu'il lui a faite ensuite avec les dents, comme ses ongles vernis qui s'accrochent tellement fort à son épaule qu'ils la griffent sans qu'L… songe à lécher le sang.

Pour la persuader, il lui propose à boire, scotch, champagne, cidre, vodka, porto, tout ce qu'elle voudra comme extases.

L… hésite, et le suit jusque dans le couloir avant de choisir le champagne d'un air très coupable.

Là il reste tout seul pour faire ses préparatifs dans la cuisine. Il choisit par avance deux grandes tulipes en verre et défait l'empaquetage doré et armaturé,
mais le liquide est là dans la bouteille au goulot si étroit qu'il a de la peine à faire sauter le bouchon qui a gonflé à l'intérieur, mais ensuite on n'est pas moins avare en bave, en morve, en mousse qui coulent délicieusement jusque sur son avant-bras.

Il est revenu la servir,
(c'est-à-dire qu'il pose les verres sur la cheminée et remplit sa coupe jusqu'aux lèvres roses de plaisir.

L... ferme les yeux, ainsi elle ne s'aperçoit pas de son regard aigu comme mille aiguilles de pin. Ensuite il y met le feu le plus simplement du monde et elle explose, elle flambe, elle brûle et crépite en même temps que ses résines.

Et son arbre continue à saigner, sa sève blanchâtre s'écoule ou dans sa bouche ou dans sa main, ou dans son sexe et ses reins. Il s'y perdait le souvenir), il sait seulement qu'L... le suit dans sa chambre et qu'il la fait asseoir sur le lit si bas que ses pensées ne le sont pas autant : il l'aime érotiquement, fastueusement mais aussi un simple regard d'ailes suffit à le confondre, c'est pourquoi il éteint une lampe
qu'elle ne décèle pas sa rougeur et son manque d'audace de peur qu'elle ne s'en moque et n'en joue.
En fait,
L... se laisse coucher sur lui et là se tient inerte quand il voudrait que ce soit bien après une agitation inutile mais bienheureuse où L... aurait peu à peu ouvert ses jambes, ouvert sa bouche et fermé ses yeux sans pouvoir se retenir de crier,
après qu'elle a roulé dans tous les sens et

qu'il a roulé avec elle car leurs destins sont liés, ligaturés comme une blessure qui refuse de guérir et chaque fois rouverte, la plaie réclame son couteau, son épée de Damoclès suspendus au-dessus de sa tête et qu'L... attend avec un inéluctable délice de savoir qu'à tout moment elle est en danger de plaisir et de morsure et qu'il suffit d'un geste d'elle un peu plus émouvant pour que le fil se casse et que la braguette soit ouverte. Il ne cessera jamais ce lourd destin, L... le sait, qui la suivra pas à pas, goutte à goutte.

Ceci, qu'elle le refuse un seul moment car il ne pourra pas en supporter davantage, malgré le mensonge qu'il fait qu'il ne tient qu'à elle de ne pas la toucher, se traîner à ses pieds en elle, dans, hors : il fait siennes ses limites : voilà qui gomme la mort.

Il a seulement défait la fermeture éclair que déjà L... proteste et l'embrasse avec la même inflexibilité dans ses bras.

Si seulement L... consentait à se plier comme un pont à son désir (ou mieux un aqueduc qui lui amène l'eau à la bouche) il lui ferait une miraculeuse rivière de bave, de sueur et de sperme, comme une arche, son arche de Noé, quarante jours, quarante nuits dans la tempête, qu'il créera lui-même, aussi rien ne l'empêche de la prolonger à plaisirs à vertiges, ainsi il vit parmi ces animaux sauvages que sont ses mains pourtant baguées

comme des pigeons et ses cuisses fraîches de reptiles hypnotiseuses d'homme. Les yeux rivés sur cet œil béant, il s'aperçoit trop tard que c'est une bouche que déjà il est dévoré happé par le milieu, si goulûment qu'L... en bave de plaisir et lui,
il en profite pour ressortir indemne mais une fois n'a pas suffi : l'œil injecté de sang lui fait des promesses, le regarde, le fixe et il rampe docilement vers lui en toute connaissance de son bonheur sans pouvoir y résister un seul instant, ainsi jusqu'à ce qu'il n'ait plus la force d'obéir mais encore de la caresser si bien qu'L... n'a pas fini de s'agiter dans tous les sens, tandis que sa moelle épinière s'électrise de la nuque au bas des reins et qu'il voit tout le désordre de son corps tandis qu'elle tombe d'inconnaissance, et d'évanouissement en prononçant son nom et ne voyant plus que ses cernes qui ne la limitent plus tellement ils sont grands, tellement L... a frappé ses yeux d'éblouissement.
Épuisé,
il dormira contre L... aussi longtemps qu'il le faudra à moins qu'elle désire qu'il la veille auquel cas il sera son propre sablier de sang qu'il reboira en une mesure de sommeil à son poignet déchiré, qu'elle puisse dormir paisiblement.

L... le repousse et dit qu'il ne faut pas qu'il lui enlève sa robe, qu'il ne faut pas qu'il la

baise ailleurs que sur son visage et surtout pas la pointe de ses seins taillée comme un diamant rose tellement bien qu'il a coupé sa vitre et est entré par effraction dans ses hantises. Si L... l'a deviné, elle ne l'avoue pas quoiqu'elle l'interroge vivement pour savoir si elle est insupportable et qu'il n'a pas le courage de lui dire à quel point elle l'est car elle est toute moite contre lui et l'embrasse mal et lui ne peut plus répondre
de lui.
L... se plaint d'avoir chaud et il lui propose un bain, admirablement qu'il prépare lui-même aussi tendrement qu'une couche. L'O-Bao déroule ses mousses pour la laver soyeusement.
C'est là, dans la glace brisée qu'il lui indique ses cernes violets et qu'L... se regarde étonnée de ce visage près d'éclater. Alors il lui dit ce qui lui tient à cœur que puisqu'elle en avait les yeux, elle aurait dû au moins faire l'amour n'est-ce pas ?
Au plus ?
cela existe aussi mais personne ne sait parler de ce chavirement, ce vertige, cette splendeur arrachée à la mort, comme un aveu après bien des tortures douloureuses, magnifiquement infamantes : oui il a grignoté son sexe et son anus jusqu'à les rendre plus durs et pleins de ses dents.

Mais L... se regarde fascinée, puis sans rien

changer de son expression d'émerveillement, elle tourne vers lui la tête assez longtemps pour qu'il finisse par décrocher le peignoir en soie des Indes et le lui tende à bout de bras comme si déjà il avait passé la porte et qu'elle était nue.

Le temps lui, apparaît nu et aride tandis que l'eau chante de bonheur sur son corps et que c'est là le seul signe mais déchirant de sa présence intestine, c'est pourquoi il décide de donner des coups de téléphone après avoir épuisé un *Playboy* et une encyclopédie des vampires comme refuge.

La première a une voix qui lui ressemble un peu mais elle dit des paroles immondes telles que :

— « Comment va ton cul, chéri ? »

— auquel cas il raccroche bien entre ses jambes et il s'adresse ailleurs. Ailleurs elle a une voix d'eau et raconte qu'elle est enceinte et lui propose d'être le parrain, ce qui semble lui prouver qu'il n'est pas le père, auquel cas elle ne l'intéresse pas et il en a assez de compter les jours avec elle alors qu'une éternité le sépare de celle qui flotte nue entre deux eaux qui ne sont pas celles du ventre de sa mère mais L... en ressort aussi pure avec un bruit de dégoulinement. Elle doit remettre maintenant de l'ordre dans ses cheveux

et le désordre en lui quand L... apparaîtra avec le simple vêtement de soie. C'est fait, L...

vient : L… est pour le moins une sultane dans son cachemire et lui son eunuque (hélas ! il avait caché qu'il n'avait pas réellement été châtré et il défaille à chaque pas qu'elle ne le découvre et le chasse comme un animal qu'il est)
car L… ne veut pas qu'il la touche ailleurs que sur son visage et ses mains ce qui déjà l'empoisonne et le contre-poison afflue en aval sans qu'il puisse en faire usage.
L… a tellement bien croisé les pans et serré la ceinture qu'elle n'a pas besoin de se tenir, pas de danger que cela s'entrouve même si elle s'assied en tenant ses jambes légèrement ouvertes.
il ne voit que son genou, rond comme un astre et cependant il ne le confond pas avec celui de sa poitrine qui est le seul qui le prédestine à lever les yeux vers L… en posant la main sur sa jambe qu'elle lui concède mais pas d'y déambuler en toute liberté et licence.
— « Attention, je suis somnambule, crains de me réveiller car tu tomberas avec moi dans l'affadissement des jours », il aurait dû la prévenir que tout cela présentait un danger réel ; quand le balancier est en marche il faut franchir, en marchant dessus comme un fil : son sexe.

Après bien des sursauts et des réprimandes et pour ne plus savoir quelle attitude prendre il lui lit des poésies à haute voix et intelligible malgré son émoi. Bientôt elle préfère les lire elle-même de ses yeux verts et douloureux.

Alors il n'a plus qu'à se coucher : voilà pourquoi il ne le fait pas, il n'a pas un seul pyjama et n'ose prendre le risque de se mettre tout nu, virilement redoutable devant L…
elle, elle découvre qu'il n'a plus rien d'autre à faire en levant les yeux sur lui alors
après qu'il lui a demandé, L… se couche avec beaucoup de grâce et sans un mot d'étonnement ou de précaution, avec un naturel total et touchant elle lui permet sublimement de se coucher tout nu à côté d'elle.
Cela ne dure pas longtemps : il ne reste pas longtemps tout lisse, tout vierge de toutes pensées, fleurs vénéneuses et de plusieurs couleurs du mauve à l'écarlate
du velouté au vernissé
sa saison l'emprisonne toute seule au bout d'une longue allée de jambes de sable fin où il s'enlise
hélas et mouvant qui se dérobe sous ses pas et le fuit, il en est certain d'autant plus qu'elle le lui dit avec beaucoup de compréhension
et il y décèle aussi un plaisir insultant et serein tandis que son visage reflète un impalpable sourire très pur
et aussi terriblement érotique car cela veut dire :

— « Je sais ce dont tu as envie mais n'attends pas que je te l'accorde. Je te ferai baver sur

tout mon corps sans omettre les aisselles et la pointe des seins au graphisme sec,
et la fossette du creux des reins interdits ». Mais avant cet abandon total et clairement indiqué par son visage, L... veut qu'il la respecte avec une cruauté lascive et douce. Ainsi, il lui tourne le dos pour ne plus la voir.
L... s'approche doucement de lui et lui caresse la poitrine du bout de ses doigts légers, tellement légers qu'ils l'emportent et que son sexe s'envole comme un grand oiseau de proie : dressé : le faucon
et cet arrachement lui ligature une douleur qu'elle connaît certainement, mais quand il prend sa main avec la plus grande délicatesse pour la poser là où elle lui est indispensable, L... la crispe et l'arrache au risque de le griffer avec la plus grande cruauté.

L... sait refuser séchement en plissant ses yeux et en ouvrant ses narines comme une barbare; mais lorsqu'il roule par côté pour lui échapper, L... redevient petite fille et l'agrippe par-derrière avec une hypocrisie totale et innocente. Quand il ferme les yeux, il s'aperçoit que c'est pour ne plus sentir que sa cuisse nue et son ventre délibérément appuyé contre lui, tellement bien qu'il distingue les poils crépelés de son sexe et que cela tend la peau de son ventre comme celle d'un tam-tam.

Il suffirait qu'on l'effleure pour qu'il hurle et c'est ce qu'il attend.

L… n'en parle pas mais elle le sait et c'est le seul moment où elle s'abandonne contre lui, consciente du supplice où elle le met, en l'embrassant sur les tempes ou sur le cou ou encore sur le sternum.

Il essaie de lui faire la promesse de ne pas coucher avec elle, mais de la caresser sept heures durant avec l'espoir affreux de jouir sur elle.

L… refuse.

Il sait bien qu'elle se fait violence car ses restrictions sont démoniaquement sensuelles, d'ailleurs elle le lui avoue avec une ferveur et une conviction étrange en rajustant le peignoir entre ses jambes.

Il la maudit quoiqu'il ne tienne qu'à lui de la violer, ce qu'il lui dit par basse vengeance et saisi d'un afflux de colère contre elle à portée de sa main,
et même cela L… le refuse avec une tranquille obstination et en sachant très bien à quel point il en est de douleur.

L… dessine amoureusement le contour de ses cernes qui lui appartiennent.

Il n'y a pas de quoi être fier, il réalise qu'elle n'a même pas envie de lui ; L… est maîtresse d'elle comme lui n'aurait pas pu l'imaginer, ses menaces la font sourire très tranquillement.

L… lui dit qu'elle ne voudrait pour rien au monde qu'il la prenne de son plein gré mais qu'il lui est totalement indifférent qu'il la prenne de force, qu'alors elle essaierait certainement d'en tirer le plus de plaisir.

Là il croit pouvoir la confondre en disant que ce n'est plus un viol, cela ne la démonte pas le moins du monde, ce n'est pas L... qui est en cause c'est lui, car cela n'est important que dans la mesure où lui signifie quelque chose.

L... accorde aux choses une valeur lucide qui le met au désespoir car il sait très bien que s'il la viole, elle lui échapperait de plus belle, et plus encore

quand après avoir collé L...-même à son ventre et avoir donné elle-même le rythme que lui n'aurait pas su lui faire, elle se serait dégagée totalement, indifférente et sans un reproche ; puis elle serait allée se laver en lui disant des choses de la dernière grossièreté et impudicité telles qu'il aurait envie de la gifler et la supplier de se taire.

Il sait très bien qu'elle lui ferait cela exprès et qu'elle serait capable de lui dire exactement ce qu'il aurait dû lui faire si il avait l'ombre d'un savoir-faire-l'amour,

et non pas « tirer son coup » (L... serait capable d'employer cette expression sans que ce soit la pire de toutes).

Et c'est pourquoi L... est tranquillement étendue à côté de lui sans l'ombre d'une crainte qu'il lui fasse rien qu'elle ne veuille

pas. Il ne la fléchit pas d'un pouce entre ses cuisses mordues et dévorées par la fleur carnivore et visqueuse du sexe,
et si seulement elle ne lui refusait que cela, mais rien ne lui est permis
même pas un simple contact de ses couilles entre ses pieds ou sa bouche, celles qu'il n'ose pas toucher devant elle, car ce serait encourir son dégoût et son mépris à coup sûr bien qu'elle sache que ce n'est pas très répréhensible et qu'elle lui explique que cela n'a aucune importance et une importance capitale.

Ce qu'L... veut, c'est quelqu'un qui l'aime à en mourir (à en expirer un air chaud et douloureux sur son ventre, à en pleurer de l'asphyxie bienheureuse du visage collé et ligaturé par les poils vrillants de pubis
qui s'infiltrent sous la peau et s'enfoncent tellement bien qu'il est prisonnier à tout jamais de ce marécage qu'il draine sans que sa bouche y suffise et le foutre lui ressort par le nez mais il ne songe pas à s'en plaindre même si après un certain temps de cet accouplement sa colonne vertébrale se déforme et qu'il en devienne bossu et tout petit dans son attention à ne pas le gêner dans ses mouvements tels qu'aller dans la rue se promener dans les jardins publics auquel cas il s'arrange pour la faire trébucher dans un buisson et il arrive à se tordre de telle façon que son sexe peut la pénétrer ou encore qu'il joint les mains à tra-

vers la paroi intestinale et vaginale en priant pour qu'L... goûte éternellement les plaisirs sodoméens et gomorrhéens,
c'est alors qu'une hémorragie bienheureuse et fraîche de gélatine blanche exauce ses prières et il est obligé de ressortir ses mains pour se punir alors il les met derrière son dos et lui assure qu'il n'a rien fait ou seulement s'il ne sait pas mentir qu'elle peut supporter à nouveau qu'il recommence à condition qu'il prenne soin de mettre le liquide gras autour de son anus comme baume qui calme immédiatement les brûlures et qu'il ne saurait trop louer car c'est son seul philtre d'amour dont ils ont bu ensemble pour la première fois,
demain ou après-demain)
ou plus tard L... va le mettre au supplice qui lui ôte sa lucidité.

L... s'est endormie avec une telle inconscience en prenant une jambe entre ses cuisses qu'il ne peut plus bouger, pourtant une crampe terrifiante et monstrueuse tord sa bouche de dégoût tandis que son sexe est bien droit ; bien juste
et révoltant : il lui prend l'envie d'être une femme, une violente colère contre lui ou elle et un désespoir saphique inconnu jusqu'alors qu'il hésite à reconnaître.

Et pourtant il sait que s'il était une femme L... lui permettrait de la caresser, de la happer, sucer, violenter

d'écarter les lèvres carmin puis leurs sœurs plus petites et plus tendres et d'y mettre sa langue si longtemps qu'il en deviendrait muet jusqu'à sa mort où il se ferait incinérer entre ses cuisses à moins qu'il ne se fasse momifier seulement le sexe qu'il enterrerait pour une mort sereine et douce embaumée de musc et entourée de bandelettes en haut de la pyramide écartée des jambes,
du haut de cette pyramide quarante siècles d'orgie et d'érotisme les regardent et n'en ont pas honte
non qu'il n'en rougisse pas ni L... de plaisir la pointe de ses seins et la chair intime de leurs sexes car cette sérénité est très pure et seuls peuvent la connaître ceux qui sont purs et ont gémi quarante jours quarante nuits dans le désert de ses jambes et son cou froid la nuit tellement qu'il en tremble en même temps qu'une inextinguible soif lui rend le gosier sec. La tempête de sable l'aveugle et l'asphyxie à tel point qu'il est allongé et recouvert de son corps sans pouvoir se débattre ni juger de l'horrible blessure qui s'enflamme à une vitesse incroyable tellement bien qu'L... fermente, se remplit de pus et se boursoufle et qu'il en est réduit à se considérer comme cette seule boursouflure par laquelle il serait heureux de s'évacuer tout entier,
et se débarrasser de lui-même.

Il ose une seule chose, c'est effleurer son

ventre avec ses mains suffisamment pour s'écorcher à ses épines tellement serrées et drues qu'il sait à n'en pas douter quelle flambée on peut faire de ce bois pour peu qu'L... y consente,
car seules celles-là ont un pubis si plein et triangulaire qu'il est la tête exacte de la vipère reptile qui vient se couler entre leurs jambes, l'été quand il fait chaud dans les herbes et que la bouche en bâille d'un plaisir vertical et qu'un second sourire de Joconde entrouvert pivote sur lui-même sans bruit, c'est là que le vagin ouvert projette sa lave sur lui et l'attire dans sa colle avec un bruit de clapotis délicieux à entendre car c'est le signal de la lente descente aux ovaires, aux enfers qu'L... lui fait souffrir tandis que l'heure colore de rouge le ciel et dépucelle le matin aux grands cris de douleur et de consentement d'une hémorragie générale,
les premiers téléphones et réveils sonnent : il suffit de mettre le doigt sur le bouton caché vers le haut des sexes pour non pas arrêter mais multiplier cette marche en avant du temps crié de bonheur pur et clitoridien.

Il prend prétexte de cela pour se lever : du matin très petit et vagissant pour allumer sa première cigarette sans arriver à s'émasculer. Il y a un besoin d'opium apaisant la douleur née du pavot orange de ses cuisses démesurées, narcotique contre lequel L... lui refuse de s'endormir et de boire la liqueur brute et calmante.

C'est le moment qu'L... choisit pour aller jusqu'à lui, le peignoir serré contre elle et les deux bras croisés sur sa poitrine comme deux épées qui l'entaillent quand elle roule contre lui sans un regard pour son impudicité flagrante qu'elle n'ignore pas.

L... appuie sa tête contre sa poitrine et s'y repose un noment tandis qu'il lui offre à boire du cidre dans le même verre que lui et qu'avant d'y tremper les lèvres, elle frotte son visage et sa bouche dans son aisselle avec une sensualité sauvage et délicate, puisqu'elle revient l'embrasser avant de boire à longues rasades le reste du verre;
exactement L... attend
d'avoir la bouche pleine du liquide, puis les joues gonflées, elle l'avale avec difficulté et avec un bruit qui lui fait faire une grimace de mécontentement contre elle,
alors L... se tourne vers lui et le regarde en riant puis elle pose le verre par terre et se mord
les lèvres entrouvertes et le regard tellement fixe et grandi qu'il s'embue de larmes qui coulent sur sa joue sans qu'elle montre par le moindre mouvement qu'elle désire les cacher ou qu'elle en a honte. Ainsi il se penche sur elle et tient son visage entre ses mains et l'em-

brasse d'un baiser qui se fait ailes, mouettes, ruisseaux sur son visage et son cou langoureux
qu'il est amoureux !
en fermant les yeux mais pas assez tôt pour oublier la vision infâme et déshonorante d'un sexe comme une longue balafre sur sa figure à la place de sa bouche édentée mais pourvue de doubles lèvres abandonnées à lui et c'est le moment qu'il choisit pour la polluer avec une indicible terreur, le cachemire a glissé sous son corps où ses seins sont à même la peau, qui le cloutent et le ferrent à en hurler durs et ardents
comme celui de ses cuisses il tète deux clitoris quand il l'embrasse goulûment avec une impression de sexes
dont L... est couverte et béante,
et lui éclaté et multiplié il s'enfonce en elle avec la plus grande bassesse : il savait bien que cela lui est interdit.
Si seulement L... consentait à porter les mains sur lui et à le calmer comme un chien — « Là, là tiens-toi tranquille. Tu vois tu n'as plus rien qu'un bobo de rien du tout, ta maîtresse te guérit toujours », le sexe obéirait doucement et cesserait d'irradier cette douleur dans son ventre insupportable si bien qu'il halète sur son flanc et sur son nombril où il enfonce sa langue et que déjà L... gémit doucement tandis qu'il caresse sa croupe et le

sillon vénéneux de ses reins sans oser
ouvrir les yeux de peur
de la voir couverte des ecchymoses qu'une telle douceur ne peut que lui faire et qu'elles n'éclatent à sa figure leur vitriol et se fassent sexes sur son corps bleu et moite déjà, qu'il en décolle lentement la soie et qu'il l'enlève en la soulevant doucement comme une poupée qui a mille trous dans le ventre pour crier
mille sexes béants qui saignent et c'est pourquoi il ne peut plus la regarder sans une envie de vomir qui le prend et qu'un étau serre son cerveau vil et rend l'air opaque pour étouffer l'aurore boréale permanente de tous les sexes, plaies sangs leucémies blessures
qu'il lui fait à chaque regard
est un écorchement.

Le point crucial
c'est que son carnage s'est engouffré dans ses yeux et qu'il ne suffit plus de les fermer : il voudrait se rendre et pleurer, hoqueter, baver, trépigner, hurler, sangloter, gémir, sursauter :
voilà le contrepoids de son évanouissement qui afflue dans son nez, il rentre l'index dans son front pour se forcer à rester lucide et il se détourne au point limite de l'arrachement.

Mais il aime trop son mal pour ne pas être rappelé aussitôt. Le visage de plomb, griffé d'un doigt il se retourne vers L... qui flotte sur le ventre dans son sang qui lui barricade la gorge et lui afflue au sexe.

Soudain il ne peut plus résister et il embrasse ses reins si brusquement qu'L… en crie mais il s'étouffe et se noie dans la blessure qu'il a ouverte avec ses dents et il retire sa langue violette et gonflée dans sa bouche tellement qu'il suffoque et qu'elle a le temps de jouir dix fois dans son lit.

C'est alors qu'il a appuyé sa tête contre la fourrure pour qu'L… ne le voie pas pleurer
et qu'il embrasse ses cuisses et son sexe à bouche-que-veut-il ?

Il veut faire l'amour et aucune pensée ne doit lui être plus maudite car ses larmes déjà la brûlent et leur salure conserve sa blessure pour une douleur éternelle.

Il prend ses longues jambes à son cou comme des rayons de soleil trop brutal (trop attirant
que ses jambes s'étirent indolemment comme des reptiles préhistoriques serpents, boas dont le venin se trouve à la conjoncture des jambes, celui-ci blanc et viscéral l'empoisonne bouche à bouche et il semble se droguer de ce liquide qui le fait lui-même éclater que cette transfusion de ces germes à soleils le fait crier de douleur comme les pluies nucléaires :
celle qu'il aime est là béante et échancrée comme un cratère de bombe, et lui le visage

plein de larmes et de foutre il éclate de rire nerveux et la supplie de coucher avec lui) puis lui en demande pardon en lui caressant trois fois la poitrine tandis qu'elle le regarde effarée et plus encore si elle se voyait déchiquetée et sanguinolente comme il la voit car ses cheveux recouvrent sa figure et frisent et ses yeux sont des sexes, pourrissants et verts, ses narines sont des sexes, sa bouche mais aussi ses ongles la paume de ses mains le creux de ses genoux le sillon de ses seins son nombril la candide jointure de ses coudes, tout pourrait servir à cela qu'à force de les caresser sans qu'il le désirent ils saignent, et il ne peut supporter l'affreuse idée de blessures. Il se tient le visage à pleines mains,
qu'encore une fois il mord pour s'empêcher de pleurer, ce qui est la seule façon de ne pas s'évanouir,
comme un homme faible à la vue d'un continent de sang, d'une Amérique de mort :
un monde nouveau (sans doute il résiste mal à l'envie terrible de la dépuceler de tous ses sexes à la fois et de lui susciter une leucémie épouvantable dont il serait le premier à être assailli).

Il sanglote et L... lui pardonne doucement tandis qu'il n'ose pas lever les yeux sur elle tellement creusés de cernes qu'ils n'attendent plus qu'à être arrachés pour toujours et mieux vaudrait cela que de la voir telle qu'elle est quand il porte son œil lourd sur elle, obnubilé et traumatisé par ses plaies béantes par lesquelles et desquelles il ne peut s'échapper ne serait-ce qu'une seule fois.

Une fois il voit sa pommette jusqu'à l'os avec une telle netteté qu'il s'enfonce une écharde dans son bras électrisé comme preuve qu'il ne rêve pas. Il n'ose pas la regarder longtemps car il pressent que son doigt saigne et qu'une seule goutte de sang va le vider de toute sa substance ou pire encore se coaguler avec le sien et faire un précipité tellement violent, tellement empoisonné, qu'il coagulera des monstres ovoïdes et tentaculaires et qu'L... ira prendre tous les matins des cours d'accouchement avec douleurs atroces et
immorales ;
insupportable
insupportable, n'est-ce pas d'entendre ses cris, de voir la crispation douloureuse de son visage et les soubresauts de son corps. Il a beau être foncièrement égoïste il en est touché même si ce n'est que par rapport à lui
de voir ce à quoi il sera soumis comme L... car elle est en train d'accoucher d'une mort très lente peut-être mais il sait qu'elle n'en est que plus horrible et que l'hémorragie coulera de sa chair striée jusqu'en bas de ses pieds contre lesquels il n'ose plus se mettre, car son corps est couvert
de sueur de sang ou d'hémoglobine

qu'importe que le truquage soit réussi ou non :
il a peur.

Et il ne peut plus la toucher ne serait-ce que du bout de ses extrémités digitales en fait d'une puissance infinie pour rouvrir ou créer les blessures.

Il peut lui en faire vingt à la fois : vingt blessures féminines et vomissantes toutes à la fois la jouissance et le sang
mais en s'y prenant mal et il est un maladroit, il peut en faire jaillir des dizaines d'autres et cela contracte son ventre, le ligature, prêt à vomir autant de sperme qu'il en faudra.

Alors il prend les jambes à son cou et il progresse sur les fesses en n'osant regarder son sexe qui le désigne coupable.

Il s'aide de ses mains sur lesquelles les larmes ont stigmatisé de longues gerçures si bien qu'il connaît à son tour la douleur. Cela le ferait bien hurler s'il ne mordait pas ses lèvres jusqu'à se faire une déchirure par laquelle se précipite son sang comme s'il n'avait attendu que cela pour le fuir, globuleux et noir comme ses yeux. (Cela il ne s'en aperçoit pas tout de suite sinon il se serait évanoui certainement avec un égoïsme profond et sournois à la première goutte écarlate et salée, mais ses yeux sont incapables de voir
et lui de sentir) autre chose que la brûlure infecte de son sexe qui se met à danser sa danse

macabre
à droite à gauche en face de lui
pas un seul sexe de femme – et pourtant la pièce à côté en fourmille comme des sangsues qui sont venues se coller derrière son oreille mais aussi contre les lèvres sur les paupières et certaines se sont immiscées à l'intérieur de lui certainement. Il le sent à cette étrange crampe d'estomac qui se dilate à la grandeur d'une planète et toute sa galaxie tourne autour de ça : son sexe énorme et masculin.

La danse macabre continue. Vous ne décrivez pas, par déférence pour lui, tous les angles les plus vicieux et les plus dégoûtants que son sexe prit sous prétexte qu'il n'était plus maître de lui.

C'est alors qu'il tente une première fois de copuler avec son nombril et qu'il blasphème sa mère de ne lui avoir pas fait une entaille assez profonde. Très vite, il pense à l'anus vers lequel il se fléchit lentement et avec précaution mais il n'est pas assez souple et son sexe pas assez long (en tout cas il ne réussit qu'à se faire vomir par la bouche et le nez).

Qu'il veuille faire un glorieux mélange de son sperme et les pertes de celle qu'il aime, répandues sur son visage, n'est pas une excuse suffisante à retourner son sexe dans l'autre sens et se pencher pour le recueillir dans sa bouche qu'il l'empoisonne franchement. Il est prêt à avaler sans crainte cette ciguë qui le fera tomber raide mort d'extase et qui lui donnera prétexte à l'avoir violée en pleine et délicieuse inconscience.

Mais il n'y arrive pas,
non plus évidemment que de se crever les yeux et jouir dans ses orbites vides d'yeux inutiles puisque l'extase il la prend les yeux clos et il a décidé de ne plus vivre qu'ainsi
avec cette précipitation sur la colonne vertébrale qui le fait se détendre de bonheur car il sait qu'elle précède l'orgasme. Cela ne dure même pas une demi-seconde mais quelle éternité dans ses yeux noirs
et veufs joyeux de la lumière puisqu'il est tout entier électrifié à l'intérieur et l'électrocution va se propager sur L... afin de la rendre molle et hébétée.

Ce n'est qu'après toute cette hypocrisie, ces rêves de sacrifices infimes pour L... mais qui déjà lui semblent infernaux car il ne sait qu'être d'une ignoble petitesse qu'il a réellement songé à L... (et en se fourvoyant certainement)
en l'entendant gémir en échos et en voyant une langue de sang filtrer à travers la porte il a eu l'intuition des souffrances qu'L... avait subies et subissait pour lui et sa peau éclatée est venue faire une lèpre sur son corps (ce qui ne serait pas arrivé s'il ne s'était pas dévêtu).

Il a compris que c'était là la dernière phase de son accouchement et que son fils ignoble et

mongolien n'aurait de cesse de coucher avec sa mère encore dilatée de l'enfantement
qui ne comprend pas cette déchirure qui se fait en elle quand son fils la viole car elle est assez ouverte pour qu'on y passe les poings : c'est là qu'L... convient qu'elle a accouché d'un monstre avec toutes les réticences d'une mère ;
mais il y a maternité et maternité
et lui, l'odieux père, il cesse enfin sa gesticulation inepte car une excroissance de son corps se met à obéir à la raison et à la tendresse alors pour que tout rentre dans l'ordre il laisse s'accomplir (non sans blêmir jusqu'à devenir presque transparent, presque limpide mais n'ayez crainte l'eau est calcaire et déposera son fossile dans la pyramide éternelle et givrée de ses cuisses, voilà pourquoi il a raison de se retourner les ongles dans les mains
et de remonter jusqu'aux épaules tellement bien qu'il ne lui reste plus que des moignons et que ses bras se sont rétractés en eux-mêmes.

Ensuite ses mains essaient de serrer son cou de l'intérieur tandis qu'il se dévore lentement le visage.

Mais la raison de tout cela,
l'unique et superbe geste c'est son sexe qui l'accomplit en lui labourant lentement le ventre selon le rite traditionnel des Samouraïs. Il pénètre d'abord en haut, juste sous le sternum, il lui faut s'y reprendre à plusieurs

fois pour que la chair s'ouvre, mais il le supporte sans comprendre comment en s'arrachant les lèvres pour ne pas crier et se débattre, ni s'évanouir
ce qui rendrait son sexe mou et inutile,
quand la chair est ouverte, il descend lentement jusqu'à sa racine puis remonte pour faire une blessure horizontale vers la gauche à la place du cœur.

Alors il se traîne jusqu'à L... et se met à genoux
et ses mains qui étaient descendues jusque dans son ventre repoussent les tripes et lui font un matelas onctueux et doux qui cicatrisent ses blessures
c'est là le moment solennel et difficile où ses mains détachent son cœur
pendant l'infiniment court qu'il lui reste à mourir il le pose lentement et avec dévotion entre ses jambes
les derniers battements dans son sexe lui font un somptueux amour délicat puis violent lorsque les derniers soubresauts ont lieu en même temps que les siens ;
puis tout redevient calme et son cœur se fige pour toujours dans son vagin figé lui aussi après avoir connu l'orgasme le plus merveilleux).

C'est alors qu'il défaille avec lenteur de son hara-kiri et que son corps oscille avant de s'abîmer sur L...

L… sourit mystérieusement mais avec bonheur, car il lui a obéi.

FIN

5750

Composition Chesteroc International Graphics
Achevé d'imprimer en Europe (Allemagne)
par Elsnerdruck - Berlin
le 24 octobre 2000.
Dépôt légal octobre 2000. ISBN 2-290-30882-X
Éditions J'ai lu
84, rue de Grenelle, 75007 Paris
Diffusion France et étranger : Flammarion